In memoriam Ralf Fletemeier
1959 - 2022

Mary Wollstonecraft Shelley

Mathilda

Novelle

**Aus dem Englischen übersetzt
und mit einem Nachwort versehen
von Ralf Fletemeier**

Bibliografische Information der Deutschen Nationalbibliothek: Die Deutsche Nationalbibliothek verzeichnet diese Publikation in der Deutschen Nationalbibliografie; detaillierte bibliografische Daten sind im Internet über dnb.dnb.de abrufbar.

Impressum

© 2023 Wolfgang A. Gogolin, Hamburg (Herausgeber)
© 2005 Ralf Fletemeier (Übersetzung)

Herstellung und Verlag: BoD – Books on Demand, Norderstedt
ISBN: 9783757816186

Covergestaltung: Wolfgang A. Gogolin, unter Verwendung einer Grafik von pixabay / Hansuan Fabregas

Kapitel I

Es ist erst vier Uhr; aber es ist Winter, und die Sonne ist schon untergegangen. Es gibt keine Wolken in dem klaren, frostigen Himmel, um ihre geneigten Strahlen zu reflektieren, aber die Luft selbst ist in einer leichten rosenroten Farbe getönt, die sich auf dem Schnee wiederspiegelt, der den Boden bedeckt. Ich lebe in einem einsamen Häuschen auf einer einsamen, weiten Heide. Keine Stimme des Lebens erreicht mich. Ich sehe, dass die trostlose Ebene mit Weiß bedeckt ist, außer einigen schwarzen Flecken, die die Mittagssonne auf den Kuppen jener spitz zulaufenden Hügel geschmolzen hat, auf denen der Schnee dünner liegt als auf dem ebenen Boden, da er von dort herunterglitt, als er fiel. Einige Vögel picken auf dem harten Eis, das die Teiche bedeckt; denn der Frost ist von langer Dauer gewesen.

Ich bin in einer seltsamen Gemütsverfassung. Ich bin allein - ganz allein in der Welt; der Pesthauch des Unglücks ist über mich gegangen und hat mich verdorren lassen. Ich weiß, dass ich im Begriff bin zu sterben, und ich fühle mich glücklich - froh. Ich fühle meinen Puls; er schlägt schnell. Ich lege meine dünne Hand auf meine Wange; sie dröhnt. Es gibt einen leichten, flüchtigen Geist in mir, der jetzt seine letzten Funken emittiert. Ich werde den Schnee eines weiteren Winters nie sehen; ich glaube, dass ich die belebende Wärme einer weiteren Sommersonne nie wieder fühlen werde; und aus dieser Überzeugung heraus fange ich an, meine tragische Geschichte aufzuschreiben. Vielleicht sollte eine Geschichte wie die meine besser mit mir sterben, aber ein Gefühl, das ich nicht beschreiben kann, leitet mich, und ich bin an Körper und Geist zu schwach, um dem leichtesten Impuls zu widerstehen. Während das Leben stark in mir war, dachte ich, dass es ein heiliges Entsetzen in meiner Geschichte gibt, die sie ungeeignet mache, sie zu erzählen; und dass ich jetzt, im Begriff zu sterben, seine mystischen Schrecken verunreinige. Es ist wie der Wald der Eumeniden; keiner, außer den Sterbenden kann ihn betreten; und Ödipus ist im Begriff zu sterben.[1]

Was schreibe ich? Ich muss meine Gedanken sammeln. Ich weiß nicht, ob irgendjemand diese Seiten prüfen wird außer Ihnen, mein Freund, die Sie sie bei meinem Tod erhalten werden. Ich richte sie nicht an Sie allein, weil es mir Vergnügen bereitet, auf unserer Freundschaft auf einer Weise zu verweilen, wie es unnötig wäre, wenn Sie allein das lesen würden, was ich schreibe. Ich werde deshalb meine Geschichte so berichten, als ob ich für Fremde schreiben würde. Sie haben mich oft nach der Ursache meines einsamen Lebens gefragt, meiner Tränen; und vor allem meiner undurchdringlichen und lieblosen Stille. Im Leben wagte ich es nicht; im Tode entschleiere ich das Geheimnis. Andere

---

[1] In Sophokles' *Ödipus auf Kolonos* wird der alte Ödipus, geblendet, nachdem er seine Mutter geheiratet hat, von seiner Tochter Antigone zu einem Hain auf Kolonos geführt, der den Eumeniden heilig ist (‚die Freundlichen', euphemistischer Name für die Furien, grausame rächenden Boten der Götter); dort stirbt er, wie von einem Orakel vorhergesagt.

würden diese Seiten leicht beiseitelegen; Ihnen, Woodville, freundlicher, liebevoller Freund, werden sie teuer sein; das wertvolle Andenken an ein untröstliches Mädchen, das, sterbend, immer noch von Dankbarkeit Ihnen gegenüber erfüllt ist. Ihre Tränen werden auf die Worte fallen, die mein Unglück aufzeichnen. Ich weiß, dass es so sein wird; und während ich noch im Leben stehe, danke ich Ihnen für Ihr Mitgefühl.

Aber genug davon. Ich beginne meine Geschichte. Es ist meine letzte Aufgabe, und ich hoffe, dass ich stark genug bin, sie zu erfüllen. Ich zeichne keine Verbrechen auf; meine Fehler können leicht verziehen werden, denn sie gingen nicht auf schlechte Motive zurück, sondern auf einen Mangel an Urteilsvermögen; und ich glaube, dass nur wenige sagen könnten, dass sie durch ein anderes Verhalten und durch überlegene Weisheit das Unglück vermieden hätten, dessen Opfer ich bin. Mein Schicksal ist von einer Notwendigkeit, einer schrecklichen Notwendigkeit beherrscht worden. Es würde Hände erfordern, stärker als meine, stärker als jede menschliche Gewalt, um die dicke, diamantenharte Kette zu zerbrechen, die mich gefesselt hat; mich, die einst nichts als Freude atmete, die sogar warme Liebe und freundliche Güte besaß – die nur im Elend enden konnte, und jetzt im Tod endet. Aber ich vergesse mich, meine Geschichte ist noch unerzählt. Ich halt für einige Momente inne, wische meine trüben Augen und bemühe mich darum, die gegenwärtigen verworrenen, aber tiefen Gefühle des Unglücks gegen die schmerzlicheren Gefühle der Vergangenheit einzutauschen.

Ich wurde in England geboren. Mein Vater war ein Mann von Rang. Er hatte seinen Vater früh verloren und wurde von einer schwachen Mutter mit dem ganzen Luxus erzogen, dem sie einem Adligen von Stand schuldig zu sein glaubte. Er wurde nach Eton und danach zur Universität geschickt, und ihm wurde von Kindheit an die freie Verwendung von großen Geldsummen erlaubt. Auf diese Art genoss er von seiner frühsten Jugend an die Unabhängigkeit, die ein Junge mit diesen Vorzügen an einer öffentlichen Schule immer genießt.

Unter dem Einfluss dieser Umstände fanden seine Leidenschaften eine tiefe Erde, worin sie ihre Wurzeln schlagen und wie Blumen oder wie Unkraut gedeihen konnten, als wäre es ihre Natur. Dadurch, dass ihm immer erlaubt wurde, selbständig zu handeln, war sein Charakter stark und früh gefestigt und zeigte eine vielgestaltige Oberfläche, auf der ein hellsichtiger Beobachter die Saat von Tugend und Unglück hätte sehen können. Seine unachtsame Extravaganz, die ihn dazu brachte, immense Geldsummen zu vergeuden, um vorübergehende Launen zu erfüllen, die er wegen ihres scheinbaren Feuers mit dem Namen Leidenschaften ehrte, zeigte sich oft in unendlicher Großzügigkeit. Doch auch während er sich aufrichtig mit den Bedürfnissen anderer beschäftigte, wurden seine eigenen Wünsche in ihrem vollsten Maß befriedigt. Er gab sein Geld, aber er opferte keinen seiner eigenen Wünsche durch seine Geschenke; er gab seine Zeit, die er nicht wertschätzte, und seine Zuneigung, die er gern auf jede Art hervorrief.

Ich sage nicht, dass er ungebührlichen Egoismus gezeigt hätte, wären seine eigenen Wünsche in Konkurrenz mit jenen von anderen gebracht worden, aber dieser Prüfung wurde er nie unterzogen. Er wurde in Wohlstand aufgezogen und mit all seinen Vorteilen bedacht; jeder liebte ihn und wollte ihn zufrieden stellen. Er war immer mit der Förderung der Freuden seiner Begleiter beschäftigt - aber ihre Freuden waren die seinen; und wenn er den Gefühlen anderer mehr

Aufmerksamkeit erwies, als für Schüler üblich ist, dann deswegen, weil sein geselliges Wesen sich nie selbst freuen konnte, wenn nicht jede Stirn ebenso von Sorge frei war wie seine eigene.

Während er die Schule besuchte, brachten Wetteifer und seinen eigenen natürlichen Fähigkeiten ihn dazu, einen unübersehbaren Rang unter seinen Mitschülern einzunehmen. Auf der Universität verwarf er die Bücher; er glaubte, dass er andere Lektionen zu lernen hatte, als jene, welche sie ihn lehren konnten. Er sollte nun ins Leben treten, und er war noch jung genug, um das Studium als eine Fessel für Schuljungen zu betrachten, lediglich dazu da, die Ungehorsamen aus Schwierigkeiten herauszuhalten, aber mit keiner wirklichen Verbindung zum Leben - seine Weisheit überging er. Glücksspiel und Co. bedachte er mit viel tieferem Interesse, und so nahm er schnell alle Torheiten eines Studenten an, obwohl sein Herz zu wohlgeformt war, um von ihnen verunreinigt zu werden. Es mag leichtfertig gewesen sein, aber es war nie kalt. Er war ein aufrichtiger und mitfühlender Freund, aber er war auf niemanden gestoßen, der ihm überlegen oder gleichgestellt war, der ihm dabei hätte helfen können, seinen Verstand zu entfalten, oder mit ihm frische Bedeutungen des Denkens zu suchen, wenn die alten erschöpft waren. Er fühlte sich in der Schnelligkeit des Urteilvermögens jenen gegenüber, die um ihn herum waren, überlegen. Seine Talente, sein Rang und sein Reichtum machten ihm zum Anführer seiner Gesellschaft, und auf dieser Stelle ruhte er aus; nicht gerade zufrieden, aber sich an der Vorstellung erfreuend, dass es das einzige Ziel in der Welt sei, das es wert für ihn war, erreicht zu werden.

Durch eine seltsame Enge der Gedanken betrachtete er die ganze Welt, wie sie nun war oder nicht, nur in Bezug auf seine kleine Gesellschaft. Er nahm kreuz und quer alle modischen Ansichten an, die von seinem Kreis von Vertrauten entdeckt wurden, und war zugleich dogmatisch und fürchtete sogar, dass sie nicht mit den einzigen Meinungen übereinstimmten, die er als richtig betrachtete. Für die meisten Beobachter schien er unbekümmert gegenüber Tadel, und mit größter Verachtung jede Abhängigkeit von öffentlichen Vorurteilen beiseite zuwerfen; aber zu derselben Zeit, da er mit triumphierenden Schritten über den Rest der Welt schritt, versteckte er sich, getarnt durch Bescheidenheit, vor seiner eigenen Gesellschaft, und obwohl er ihr Anführer war, wagte er nie eine Meinung oder ein Gefühl zu äußern, bis ihm versichert wurde, dass sie auf die Zustimmung seiner Begleiter stoßen würde.

Doch er versteckte ein Geheimnis vor diesen teuren Freunden; ein Geheimnis, das er von seinen frühesten Jahren an genährt hatte, und, obwohl er seine Mitstudenten liebte, vertraute er nicht auf ihr Feingefühl oder ihr Verständnis. Er war verliebt. Er fürchtete, dass die Intensität seiner Leidenschaft das Ziel ihres Spotts werden könnte; und er konnte den Gedanken nicht ertragen, dass sie darüber lästern würden, eingedenk des Trivialen und Vergänglichen, das er für den Sinn seines Lebens hielt.

Es gab einen Gentleman von geringem Vermögen, der nahe der Villa seiner Familie lebte und drei schöne Töchter hatte. Die Älteste war bei weitem die Schönste, aber ihre Schönheit war nur Beiwerk zu ihren anderen Qualitäten; ihrem Verstand, der klar und stark war, und ihrer engelgleichen, sanften Veranlagung. Sie und mein Vater waren von frühester Kindheit an Spielkameraden gewesen. Diana war in ihrer Kindheit ein Liebling seiner Mutter gewesen; diese Zuneigung nahm noch zu, während dieses schöne und lebhafte Mädchen heranwuchs, und auf diese Art waren sie während seiner Schul- und Semesterferien ständig zusammen. Romane und all die verschiedenen Wege, auf denen Jünglinge im zivilisierten Leben zu einer Kenntnis von der Existenz der Leidenschaft gelangen, bevor sie sie wirklich fühlen, hatten eine starke Wirkung auf ihn erzeugt, der so besonders anfällig für jeden neuen Eindruck war. Im Alter von elf Jahren war Diana seine bevorzugte Spielkameradin, aber er redete schon in der Sprache der Liebe. Obwohl sie um fast zwei Jahre älter war als er, machte die Natur ihrer Bildung sie kindlicher, wenigstens im Wissen und im Ausdruck von Gefühlen; sie empfing seine warmen Beteuerungen mit Unschuld und gab sie zurück, unwissend, was sie bedeuteten. Sie hatte keine Romane gelesen und war nur mit ihren jüngeren Schwestern zusammen gewesen, was konnte sie vom Unterschied zwischen Liebe und Freundschaft wissen? Und als die Entwicklung ihres Verstandes ihr die wahre Natur dieses Verkehrs offenbarte, war ihre Zuneigung schon auf ihren Freund eingestellt, und alles, was sie fürchtete, war, dass andere Attraktionen oder Wankelmütigkeit ihn seine kindlichen Schwüre brechen lassen könnten.

Aber sie wurden jeden Tag leidenschaftlicher und zarter. Es war eine Leidenschaft, die mit seinem Wachstum gewachsen war;[2] es war mit jeder Fähigkeit und jedem Gefühl so verflochten worden, um nur mit dem Leben verloren zu gehen. Keiner wusste von ihrer Liebe außer ihren beiden Herzen. Doch obwohl er in allen anderen Dingen und sogar in diesem den Tadel seiner Begleiter fürchtete, weil er ein Mädchen liebte, die ihm an Vermögen unterlegen war, gab es

---

[2] Vgl. Alexander Pope: Vom Menschen (*An Essay on Man*; 1733/34; deutsch 1993), philosophisches Lehrgedicht; Brief II, Vers 135-136.

nichts, was auch nur für einen Moment lang seine Absicht erschüttern konnte, sich mit ihr zu verbinden, sobald er ausreichend Mut gesammelt hatte, jenen Schwierigkeiten zu begegnen, die er überwinden musste.

Diana war seiner tiefsten Zuneigung vollständig wert. Es gab wenige, die sich rühmen konnten, dass ein so reines Herz und so viel wirkliche Demut der Seele mit einem festen Vertrauen auf ihre eigene Integrität und einem Glauben an die anderer zusammentrafen. Sie hatte von ihrer Geburt an ein zurückgezogenes Leben geführt. Sie hatte ihre Mutter verloren, als sie sehr jung war, aber ihr Vater hatte sich der Pflege ihrer Bildung gewidmet. Er hatte viele seltsame Ideen, die das System beeinflussten, das er im Hinblick auf sie übernommen hatte. Sie war vertraut mit den Helden Griechenlands und Roms oder mit jenen Englands, die einige hundert Jahren zuvor gelebt hatten, während sie über die Ereignisse des Tages fast nichts wusste. Sie hatte kaum Autoren gelesen, die vor weniger als fünfzig Jahren geschrieben hatten, aber was sie mit dieser Einschränkung las, war sehr umfangreich. So war ihr Wissen, obwohl sie weniger in die Geheimnisse des Lebens und der Gesellschaft eingeweiht zu sein schien als er, von einer tieferen Art und gründete auf festeren Fundamenten; und selbst wenn ihre Schönheit und Süße ihn nicht fasziniert hätten, ihr Verstand hätte ihn immer gefesselt. Er schaute auf zu ihr, als seine Führerin, und so groß war seine Verehrung, dass er Freude daran fand, in seinem Verstand das Gefühl der Unterlegenheit zu steigern, mit dem sie ihn beeindruckte.

Als er neunzehn war, starb seine Mutter. Er verließ danach die Universität und, für eine Weile seine alten Freunde abschüttelnd, zog er sich in die Nachbarschaft seiner Diana zurück und erhielt seinen ganzen Trost von ihrer süßen

Stimme und ihren teuren Liebkosungen. Diese kurze Trennung von seinen Begleitern gab ihm den Mut, seine Unabhängigkeit zu behaupten. Er hatte das Gefühl, wie auch immer sie über eine künftige Heirat spotten mochten, sie es nicht wagen würden, Spott zu zeigen, wenn sie bereits stattgefunden hatte; deshalb suchte er die Zustimmung seines Vormunds, die er mit einigen Schwierigkeiten erhielt, und vom Vater seiner Geliebten, die leichter gegeben wurde, und ohne jemandem sonst seine Absicht bekannt zu geben, war er an seinem zwanzigsten Geburtstag schon der Ehemann von Diana geworden.

Er liebte sie mit Leidenschaft, und ihre Zartheit hatte einen Zauber für ihn, der ihm nicht erlaubte, an irgendetwas anderes als an sie zu denken. Er lud einige seiner Freunde von der Universität zu sich ein, aber ihre Frivolität widerte ihn an. Diana hatte den Schleier zerrissen, den er sich zuvor in seiner Jugendzeit vorgehalten hatte. Er war ein Mann geworden, und er war überrascht, wie er sich jemals dem leeren Gerede und den Gedanken seiner Mitstudenten hatte anschließen können, oder wie er für einen Moment ihren Tadel hatte fürchten können. Er verwarf seine alten Freundschaften, nicht aus Wankelmütigkeit, sondern weil sie seiner wirklich unwürdig waren. Diana erfüllte sein ganzes Herz, so als ob er durch die Vereinigung mit ihr eine neuere und bessere Seele erhalten hätte. Sie war seine Mahnerin, durch die er erkannte, was die wahren Werte des Lebens waren. Durch ihre liebevollen Belehrungen warf er seine alten Bestrebungen ab und formte sich allmählich selbst, um jemand unter seinen Mitmenschen zu werden; ein hervorragendes Mitglied der Gesellschaft; ein Patriot; und ein erleuchteter Liebhaber von Wahrheit und Tugend. Er liebte sie zwar auch wegen ihrer Schönheit und ihrer liebenswürdige Veranlagung, aber er schien sie mehr für das zu lieben, was er als ihre überlegene Weisheit betrachtete. Sie studierten zusammen, sie ritten zusammen aus; sie waren nie getrennt und ließen selten einen dritten in ihrer Gesellschaft zu.

So erklomm mein Vater, in Wohlstand geboren und immer erfolgreich, den höchsten Gipfel des Glücks, ohne auf die Schwierigkeiten und Enttäuschungen zu stoßen, auf die zu stoßen alle Menschen bestimmt scheinen. Um ihn herum war Sonnenschein, und die Wolken, deren schöne Formen die Aussicht göttlich machten, verbargen vor ihm die unfruchtbare Realität, die versteckt unter ihnen lag. Gerade als er sich zu seinem Glück beglückwünschte, wurde er unversehens von dieser schwindeligen Höhe gestürzt. Ich wurde fünfzehn Monate nach ihrer Heirat geboren, und meine Mutter starb einige Tage nach meiner Geburt.

Eine Schwester meines Vaters war zu dieser Zeit bei ihm. Sie war fast fünfzehn Jahre älter als er und war der Spross einer früheren Ehe seines Vaters. Als dieser starb, wurde diese Schwester von ihrer Verwandtschaft mütterlicherseits aufgenommen. Sie hatten einander selten gesehen und war sich in ihrer Veranlagung ziemlich unähnlich. Diese Tante, in deren Obhut ich danach gegeben wurde, hat mir oft berichtet, welche Wirkung diese Katastrophe auf den starken und empfindsamen Charakter meines Vaters hatte. Vom Moment des Todes meiner Mutter an bis zu seiner Abreise hörte sie ihn nie ein einziges Wort sagen. Vergraben in der tiefsten Melancholie nahm er von niemanden Notiz; oft entströmten für Stunden Tränen seine Augen oder eine furchtbare Schwermut überwältigte ihn. Alle äußerlichen Dinge schienen ihre Existenz für ihn verloren zu haben, und nur ein Umstand konnte ihn in einem gewissen Grad aus seiner unbeweglichen und stummen Verzweiflung zurückrufen: er wollte mich nie sehen. Er schien für die Gegenwart jedes anderen unempfänglich; nur wenn meine Tante mich ins Zimmer brachte, in dem Versuch, Empfindungen in ihm zu erwecken, eilte er augenblicklich mit allen Anzeichen von Wut und Verstörung hinaus. Nach einem Monat verließ er, von keinem Diener begleitet, plötzlich sein Haus und diesen Teil des Landes, ohne durch Wort oder Schrift jemanden über seiner Absichten zu informieren. Meine Tante wurde von ihrer Sorge um sein Schicksal erst durch einen Brief befreit, der aus Hamburg datierte.

Wie oft habe ich über diesen Brief geweint, der, bis ich sechzehn Jahre alt war, das einzige Relikt war, mich meiner Eltern zu erinnern. „Verzeihen Sie mir", hieß es, „für das Ungemach, das ich Ihnen notgedrungen bereitet habe. Aber, solange ich auf dieser unglücklichen Insel war, wo jedes Ding *ihren* Geist atmet, die ich für immer verloren habe, hielt mich ein Zauber fest. Er ist zerbrochen. Ich habe England für viele Jahre verlassen, vielleicht für immer. Aber um Sie davon zu überzeugen, dass mich eigennützige Gefühle nicht ganz fesseln, werde ich in dieser Stadt bleiben, bis Sie brieflich jede Anordnung getroffen haben, die Sie für notwendig halten. Wenn ich diesen Ort verlasse, erwarten Sie nicht wieder von mir zu hören. Ich muss alle Verbindungen abbrechen, die zurzeit existieren. Ich werde ein ruheloser Wanderer, ein trauriger Geächteter sein. Allein! Allein!" In einem anderen Teil des Briefs erwähnte er mich: „Bezüglich dieses unglücklichen kleinen Wesens, das ich nicht sehen konnte, und kaum zu erwähnen wage, lasse ich es unter Ihrem Schutz. Kümmern Sie sich um sie und sorgen Sie liebevoll für sie. Eines Tages mag ich sie aus Ihren Händen fordern; aber die Zukunft ist dunkel, machen Sie ihr die Gegenwart glücklich."

Mein Vater blieb drei Monate in Hamburg; als er die Stadt verließ, änderte er seinen Namen. Meine Tante konnte nie herausfinden, welchen er angenommen hatte, und nur durch schwache Hinweise konnte sie vermuten, dass er über Deutschland und Ungarn den Weg in die Türkei genommen hatte.

So wurde dieser hochragende Geist, der Interesse und hohe Erwartung in allen erregt hatte, die ihn kannten und schätzten, alsbald ausgelöscht. Er existierte von diesem Moment an nur für sich selbst. Seine Freunde erinnerten sich an ihn als eine glänzende Vision, die nie wieder zu ihnen zurückkehren würde. Die Erinnerung an ihn verblasste, als die Jahre vergingen; und er, der zuvor ein Teil von ihnen und ihren Hoffnungen gewesen war, zählte jetzt nicht mehr zu den Lebenden.

Kapitel II

Ich komme jetzt zu meiner eigenen Geschichte. Während des ersten Teils meines Lebens gibt es wenig zu berichten, und ich werde es kurz machen; aber es sei mir erlaubt, ein wenig bei den Jahren meiner Kindheit zu verweilen, damit offensichtlich wird, warum, als die *eine* Hoffnung scheiterte, das ganze Leben für mich leer und trostlos wurde; und warum, als die einzige Zuneigung, der ich mich hingeben durfte, zunichte gemacht wurde, meine Existenz mit ihr ausgelöscht wurde.

Ich habe gesagt, dass meine Tante meinem Vater sehr unähnlich war. Ich glaube sagen zu dürfen, ohne den leisesten Anflug eines schlechten Gewissens, dass sie das kühlste Herz hatte, das jemals eine menschliche Brust füllte. Es war völlig unfähig zu jedweder Zuneigung. Sie nahm mich unter ihren Schutz, weil sie es als ihre Pflicht betrachtete; aber sie hatte zu lange allein gelebt, unberührt vom Lärm und Geplapper von Kindern, um zu erlauben, dass ich ihre Ruhe störte. Sie war nie verheiratet gewesen, und hatte in den letzten fünf Jahren völlig allein auf einem Besitz am Ufer des Loch Lomond in Schottland gelebt, der durch ihre Mutter auf sie übergegangen war. Mein Vater hatte in seinen Briefen den Wunsch ausgedrückt, dass sie mit mir in seiner Familienvilla wohnen sollte, die in einem schönen Landstrich nahe Richmond in Yorkshire lag. Sie ging nicht auf diesen Vorschlag ein; sobald sie die Angelegenheiten geregelt hatte, die durch die Abreise ihres Bruders in ihre Obacht gefallen waren, verließ sie England und nahm mich mit zu ihrem schottischen Besitz.

Meine Pflege, während ich ein Baby war, und danach, bis ich mein achtes Lebensjahr erreicht hatte, übernahm eine Dienerin meiner Mutter, die uns zu diesem Zweck in unsere Zurückgezogenheit begleitet hatte. Ich wurde in einen entfernten Teil des Hauses gebracht und sah meine Tante nur zu bestimmten Stunden. Dies ergaben sich zweimal am Tag; einmal, am Mittag, kam sie in mein Kinderzimmer, und einmal, nach ihrem Abendessen, wurde ich zu ihr gebracht. Sie liebkoste mich nie, und schien die ganze Zeit, die ich im Zimmer blieb, zu fürchten, dass ich sie mit irgendeiner kindischen Laune ärgern würde. Meine gute Amme bereitete mich immer mit der größten Sorgfalt vor, bevor sie sich in den Salon wagte; und die Ehrfurcht, die die kalten Blicke und die wenigen, gezwungenen Worte meiner Tante erweckten, war so groß, dass ich ihren Lektionen selten Schande machte, oder die vorbildliche Stille brach, die während dieser kurzen Besuche zu beachten mir meine Amme beigebracht hatte.

Unter der Obhut meiner guten Amme rannte ich ausgelassen durch unseren Park und die benachbarten Felder. Als Spross dieser tiefen Liebe zeigte ich von meinen frühsten Jahren an die Veranlagung zu größter Empfindsamkeit. Ich kann nicht sagen, mit welcher Leidenschaft ich jedes Ding liebte, sogar die unbelebten Objekte, die mich umgaben. Ich glaube, dass ich eine Zuneigung zu jedem einzelnen Baum in unserem Park hegte; jedes Tier, das es bewohnte, kannte mich, und ich liebte es. Ihre gelegentlichen Todesfälle erfüllten mein junges

Herz mit Kummer. Ich kann die Vögel nicht aufzählen, die ich während der langen und schweren Winter in diesem Klima gerettet habe; oder die Hasen und Kaninchen, die ich gegen die Angriffe unserer Hunde verteidigt habe, oder die ich gepflegt habe, wenn sie durch Unfälle verletzt waren.

Als ich sieben Jahren alt war, verließ mich meine Amme. Ich habe den Grund für ihre Abreise jetzt vergessen, wenn ich ihn wirklich jemals wusste. Sie kehrte nach England zurück, und die bitteren Tränen, die sie bei unserer Trennung vergoss, waren die letzten, die ich aus Liebe zu mir fließen sah, für viele Jahre. Mein Kummer war schrecklich. Ich hatte keine Freundin, außer ihr, in der ganzen Welt. Nach und nach versöhnte ich mich mit der Einsamkeit, aber nie nahm jemand ihre Stelle in meinem Herzen ein. Ich lebte in einem trostlosen Land, in dem

Niemand war, mich zu loben
Und sehr wenige, mich zu lieben.[3]

Es ist wahr, dass ich jetzt etwas mehr von meiner Tante sah, aber sie war in jeder Hinsicht ein ungeselliges Wesen; und für ein scheues Kind war sie wie eine Pflanze unter einer dicken Hülle aus Eis; ich hätte mir meine Hände bei dem Bemühen geschnitten, an sie heranzukommen. Also war ich völlig auf mich gestellt. Der Geistliche der Nachbargemeinde wurde eingestellt, um mir Unterricht in Lesen, Schreiben und Französisch zu erteilen, aber er war ohne Familie, und sogar

---

[3] „[A Maid whom] there were none to praise / And very few to love." Lied „*She dwelt among th' untrodden ways*", Zeilen 3-4; in: William Wordsworth, *Lyrical Ballads and Other Poems*, 1797-1800; ed. by James Butler and Karen Green. Ithaca, NY and London 1992.

gegenüber mir waren sein Benehmen immer völlig charakteristisch für den Beruf, in dessen Ausübung er erschien, der eines Lehrers. Ich bemühte mich manchmal, Freundschaften mit den anziehendsten Mädchen des Nachbardorfes zu schließen. Aber ich glaube, dass ich nie Erfolg gehabt hätte, sogar wenn meine Tante ihre Autorität nicht eingesetzt hätte, um allen Verkehr zwischen mir und der Bauernschaft zu unterbinden; denn sie fürchtete, dass ich den schottischen Akzent und Dialekt annehmen würde; etwas davon hatte ich bereits, obwohl große Mühen unternommen wurden, damit meine Zunge meiner englischen Herkunft nicht Schande machte.

Als ich älter wurde, wuchs meine Freiheit mit meinen Wünschen, und meinen Wanderungen erweiterten sich von unserem Park in die Umgebung. Unser Haus lag am Ufer des Sees, und der Rasen reichte hinunter bis ans Wasser. Ich streifte inmitten der wilden Szenerie dieses lieblichen Landes umher und wurde eine vollendete Bergsteigerin. Ich verbrachte Stunden auf der steilen Kuppe eines Berges, der über einem Wasserfall vorstand, oder ruderte in einem Boot zu einer der Inseln. Ich lief ständig in dieser lieblichen Einsamkeit umher, Blume auf Blume sammelnd,

Ond' era pinta tutta la mia via,[4]

---

[4] Ital.: „Mit denen überall *mein* Pfad bemalt war" (die originale Zeile lautet „— sua via"). Dante Alighieri (1265-1321): *Die Göttliche Komödie* (La Divina Commédia, 1307-1321), *Das Fegefeuer* (Purgatorio), 28. Gesang, Vers 42. Mary Shelley spielt auf Dantes Begegnung mit Matelda an, eine Gestalt der Unschuld, die er singend und Blumen sammelnd an den Wassern des Lethe im Paradies sieht, und die ihn später über den Strom bringt in Vorbereitung auf seine Begegnung mit Beatrice.

die rauen Melodien des Landes singend, so gut ich konnte, oder gab mich angenehmen Tagträumen hin. Mein größtes Vergnügen war es, einen heiteren Himmel inmitten dieser grünen Wälder zu genießen; doch ich liebte auch den Wechsel in der Natur, und Regen, Sturm und die schönen Wolken des Himmels brachten ebenso ihre Freuden mit sich. Wenn ich von den Wellen des Sees geschaukelt wurde, erhob sich mein Geist im Triumph, wie ein Reiter mit Stolz die Bewegungen seines gut genährten Rosses fühlt.

Aber meine Freuden ergaben sich allein aus dem Nachdenken über die Natur, ich hatte keinen Begleiter. Meine warme Zuneigung, die keine Antwort von einem anderen menschlichen Herzen fand, war gezwungen, sich an unbelebten Objekten zu verschwenden. Manchmal weinte ich wirklich, wenn meine Tante meine Liebkosungen mit abstoßender Kälte entgegennahm; wenn ich umher sah und niemanden zu lieben fand; aber ich trocknete meine Tränen schnell. Als ich älter wurde, traten nach und nach Bücher an die Stelle des menschlichen Verkehrs. Die Bibliothek meiner Tante war sehr klein; Shakespeare, Milton, Pope und Cowper waren sonderbar gemischt die Dichter in ihrer Sammlung; und unter den Prosaautoren waren eine Übersetzung von Livius und Rollins *Alte Geschichte* meine Lieblingswerke, obwohl, als ich dem Kindesalter entwuchs, ich anderes hochinteressant fand, das ich zuvor als langweilig vernachlässigt hatte.[5]

---

[5] William Shakespeare (1564-1616); John Milton (1608-1674); Alexander Pope (1688-1744); William Cowper (1731-1800); Titus Livius (59 v.Chr.-17 n.Chr.), Autor der *Geschichte Roms seit Gründung der Stadt* (142 Bücher, von denen 35 überdauert haben); Charles Rollin (1661-1741), französischer Historiker und Autor von *The Ancient History of the Egyptians, Carthaginians, Assyrians, Babylonians,*

Als ich zwölf Jahre alt war, fiel es meiner Tante ein, dass ich etwas über Musik lernen sollte; sie selbst spielte auf der Harfe. Nur mit großem Zaudern fand sie sich dazu bereit, meine Unterweisung zu übernehmen, doch sie glaubte, dies sei ein notwendiger Teil meiner Bildung. Sie wog das Übel dieser Maßnahme gegen die Notwendigkeit ab, jemanden im Haus zu haben, um mich zu unterrichten, und ergab sich in diese Unannehmlichkeit. Eine Harfe wurde gesandt, damit mein Spiel das ihre nicht stören konnte, und ich begann. Sie fand mich fügsam, und als ich die ersten Hürden genommen hatte, als eine recht passable Schülerin. Ich hatte in meiner Harfe eine Begleiterin in regnerischen Tagen bekommen; eine süße Besänftigerin meiner Gefühle, wenn irgendein unglücklicher Zwischenfall sie trübte. Ich sprach sie oft als meine einzige Freundin an; ich konnte aus ihr meine Hoffnung und Liebe hervorquellen lassen, und ich stellte mir vor, dass ihre süßen Klänge mir antworteten. Ich habe nun all meine Studien erwähnt.

Ich war ein einsames Wesen, und von meinen Kindheitsjahren an, seit mich meine liebe Amme verließ, bin ich eine Träumerin gewesen. Ich erweckte Rosalinde und Miranda und die Dame des Comus zum Leben, um meine Begleiter zu sein, oder ich spielte auf meiner Insel ihre Rollen und stellte mir vor, dass ich in ihrer Situation wäre.[6] Dann

---

Medes and Persians, Macedonians, and Greeks, (eine Übersetzung aus dem Französischen, in England 1738-1740 in 7 Bänden erschienen).

[6] In Shakespeares Wie es euch gefällt (As You Like It), schlüpft Rosalinde, vom Gericht verbannt, in Männerkleidung und kommt im Ardenner Wald wieder mit ihrem ebenfalls verbannten Vater zusammen; in Shakespeares Der Sturm (The Tempest), lebt Miranda mit ihrem Vater Prospero, dem verbannten Herzog von Mailand, auf einer einsamen Insel; in Miltons Maskenspiel Masque presented at

wandte ich mich von den Phantasien anderer ab und stellte Gefühle und Vertraulichkeiten mit den Luftschöpfungen meines eigenen Gehirns her - aber noch an der Realität hängend, gab ich diesen Vorstellungen Namen und pflegte sie, in der Hoffnung, dass sie Wirklichkeit würden. Ich hing an der Erinnerung an meine Eltern; meine Mutter würde ich nie sehen, sie war tot; aber der Gedanke an meinen unglücklichen, umherziehenden Vater war das Idol meiner Phantasie. Ich schenkte ihm all meine Zuneigung. Es gab ein Miniaturbild von ihm, das ich ständig betrachtete. Ich kopierte seinen letzten Brief und las ihn wieder und wieder. Manchmal brachte er mich zum weinen; und an anderen Tagen wiederholte ich mit Entzücken jene Worte: „Eines Tages mag ich sie aus Ihren Händen fordern." Ich sollte seine Trösterin, sein Begleiterin in späteren Jahren sein. Meine bevorzugte Vision war, dass, wenn ich erwachsen war, ich meine Tante verlassen würde, wegen ihrer Kälte mit ruhigem Gewissen, und wie ein Junge gekleidet meinen Vater in der Welt suchen würde. Meine Phantasie konzentrierte sich auf die Szene des Erkennens; seine Miniatur, die ich ständig offen auf meiner Brust trug, wäre das Mittel dazu, und ich stellte mir den Moment wieder und wieder vor, die Umstände ständig variierend. Manchmal war es in einer Wüste, in einer dicht bevölkerten Stadt, auf einem Ball; wir würden uns vielleicht auf einem Schiff treffen, und seine ersten Worte waren ständig: „Meine Tochter, ich liebe dich!" Welche Momente der Verzückung erlebte ich in diesen Träumen? Wie viele Tränen habe ich vergossen; wie oft habe ich laut gelacht?

Ludlow Castle (1634 uraufgeführt, 1637 unter dem Titel *Comus* veröffentlicht), verirrt sich eine Dame im Wald und wird vom teuflischen Comus versucht, bevor sie wieder mit ihren Eltern vereint wird.

Dies war sechzehn Jahre lang mein Leben. Im Alter von vierzehn und fünfzehn Jahren dachte ich oft, dass die Zeit gekommen sei, um meine Wallfahrt zu beginnen, welche, wie ich meinen Verstand vorgaukelte, meine gebieterische Pflicht wäre. Aber ein Widerstreben, meine Tante zu verlassen; ein schlechtes Gewissen wegen dem Kummer, den, ich konnte es nicht vor mir verbergen, ich ihr für immer bereiten würde, hielt mich zurück. Manchmal, wenn ich für den nächsten Morgen meine Flucht geplant hatte, brachte ein Wort mehr als die üblichen Gefühlsäußerungen von ihren Lippen mich dazu, mein Vorhaben zu verschieben. Ich warf mir bitterlich meine unentschuldbare Schwäche vor; aber diese Schwäche kehrte jedes Mal zu mir zurück, wenn der kritische Moment bevorstand, und ich fand nie den Mut zu gehen.

Kapitel III

Es war an meinem sechzehnten Geburtstag, als meine Tante einen Brief von meinem Vater erhielt. Ich kann den Tumult der Gefühle nicht beschreiben, der in mir tobte, als ich ihn las. Der Brief war aus London datiert; er war zurückgekehrt! Ich konnte mein Begeisterung nur durch Tränen ausdrücken, Tränen reiner Freude. Er war zurückgekehrt, und er schrieb, um zu erfahren, ob meine Tante nach London kommen würde oder ob er sie in Schottland besuchen sollte. Wie köstlich waren mir die Worte seines Briefes, die mich betrafen: „Ich kann Ihnen nicht sagen", hieß es, „wie glühend ich wünsche, meine Mathilda zu sehen. Ich sehe sie als das Geschöpf an, welches das Glück meines künftigen Lebens bildet. Sie ist das einzige, was auf Erden existiert, das mich interessiert. Ich kann mich kaum zurückhalten, sofort zu Ihnen zu eilen, aber ich werde notwendigerweise eine Woche aufgehalten, und ich schreibe, weil, wenn Sie hierher kommen, ich Sie ein wenig früher sehen kann." Ich las diese Worte mit verzehrenden Blicken; ich küsste sie, weinte über sie und rief aus: „Er liebt mich!"

Meine Tante wollte keine so lange Reise unternehmen, und nach vierzehn Tagen bekamen wir einen weiteren Brief von meinem Vater, er war aus Edinburgh datiert. Er schrieb, dass er in drei Tagen bei uns sein würde. Da die Erfüllung seines Wunsches, mich zu sehen, nahte, schrieb er, würde er immer glühender, und er glaubte, dass der Moment, wenn er mich zum ersten Mal in seine Arme schließen konnte, der glücklichste seines Lebens sein würde.

Wie unerträglich wurden diese drei Tage für mich! Aller Schlaf und Appetit floh vor mir. Ich konnte nur seinen Brief wieder und wieder lesen, und mir in der Einsamkeit der Wälder den Moment unseres Zusammentreffens vorstellen. Am Vorabend des dritten Tages zog ich mich früh in mein Zimmer zurück. Ich konnte nicht schlafen, sondern ging die ganze Nacht über in meiner Kammer auf und ab und beobachtete, wie man es im Hochsommer in Schottland kann, die purpurrote Bahn der Sonne, als sie den nördlichen Horizont fast berührte. Bei Tagesanbruch eilte ich in den Wald. Die Stunden vergingen, während ich in wilden Träumen schwelgte; das verlieh den trägen Schritten der Zeit Flügel und beruhigte meine eifrige Ungeduld. Mein Vater wurde am Mittag erwartet, aber als ich zurückkehren wollte, um ihn zu treffen, stellte ich fest, dass ich mich verirrt hatte. Es schien, dass bei jedem Versuch, den Weg wiederzufinden, ich nur noch tiefer in die Undurchdringlichkeit des Waldes verstrickt wurde, und die Bäume jeden Hinweis versteckten, von dem ich geleitet werden könnte. Ich wurde ungeduldig, ich weinte und rang meine Hände, aber ich konnte meinen Weg immer noch nicht finden.

Es war nach zwei Uhr, als ich mich durch eine überraschende Wendung direkt am See nahe einer kleinen Bucht wieder fand, in der ein Ruderboot vertäut lag. Es war nicht weit entfernt von unserem Haus, und ich sah meinen Vater und die Tante auf dem Rasen spazieren gehen. Ich sprang in das Boot und, gewohnt solche Kunststücke zu vollbringen, stieß ich es vom Ufer ab und wandte all meine Kräfte auf, um schnell hinüberzurudern. Als ich näher kam, ganz in Weiß gekleidet, bedeckt nur von meinem Schottenrachan[7], mein Haar auf meine Schultern fließend, und mit größerer Geschwindigkeit über den See schießend, als man dem Boot zugetraut hätte, sah ich, wie mir mein Vater später oft gesagt hat, mehr wie ein Geist, denn wie eine menschliche Maid aus. Ich näherte mich dem Ufer, mein Vater hielt das Boot fest, ich sprang leichtfüßig hinaus und lag im nächsten Moment in seinen Armen.

Und nun begann ich zu leben. Alles um mich herum änderte sich von langweiligem Einerlei zur hellsten Szene von Entzücken und Freude. Das Glück, das ich in der Gesellschaft meines Vaters fand, übertraf meine kühnsten Erwartungen bei weitem. Wir waren immer zusammen; und die Themen unserer Gespräche waren unerschöpflich. Er hatte die sechzehn Jahre seiner Abwesenheit unter Nationen verbracht, die Europa fast unbekannt waren; er war durch Persien, Arabien und den Norden von Indien gereist und war in die Wohnstätten der Einheimischen mit einer Freiheit eingedrungen, die nur wenigen Europäern erlaubt wurde. Seine Berichte ihrer Sitten, seine Anekdoten und Beschreibungen der Landschaft vertrieben uns köstliche Stunden, wenn wir es müde waren, von unseren eigenen Plänen eines künftigen Lebens zu reden.

Die Stimme der Zuneigung war mir so neu, dass ich mit Freude an seinen Lippen hing, wenn er mir sagte, was er für mich in diesen langen Jahren scheinbarer Vergessenheit

---

[7] Eine Variante von *rauchan*, dem schottischen Wort für ein Plaid (Überwurf oder Umhang), traditionell von Schäfern getragen *(The Compact Scottish National Dictionary, Aberdeen 1986).*

empfunden hatte. „Zuerst", sagte er, „konnte ich es nicht ertragen, an mein armes kleines Mädchen zu denken; aber später, als der Kummer nachließ und ich wieder Hoffnung schöpfte, konnte ich mich ihr wieder zuwenden, und inmitten von Städten und Wüsten schwebte ihre feenhafte Gestalt, wie ich sie mir vorstellte, immer vor mir. Der Nordwind, wenn er mich erfrischte, war süßer und sanfter, denn er schien etwas von deinem Geist mit sich zu tragen. Ich dachte oft, dass ich sofort zurückkehren und dich mit mir auf irgendeine fruchtbare Insel nehmen würde, wo wir in Frieden für immer leben würden. Als ich zurückkehrte, wurden meine glühenden Hoffnungen von großen Ängsten fast ausgelöscht, meine Ungeduld wurde im höchsten Grade schmerzhaft. Ich wagte nicht daran zu denken, dass die Sonne nicht auf deine lebende Gestalt scheinen würde, und der Mond nicht über ihr aufgehen würde, sondern nur über deinem Grab. Aber nein, es ist nicht so. Ich habe meine Mathilda, meinen Trost und meine Hoffnung."

Mein Vater hatte sich in seinem Verhalten nur wenig gegenüber dem vor seinem Unglück verändert. Es ist der Verkehr mit der zivilisierten Gesellschaft, die Enttäuschung von Hoffnungen, denen man sich hingab, die Falschheit von Freunden oder das immerwährende Zusammenprallen gemeiner Leidenschaften, welche das Herz verändern und die Leidenschaftlichkeit jugendlicher Gefühle dämpfen; einsame Fahrten in einem wilden Land unter Leuten von einfachen oder primitiven Sitten vermögen den Körper abzuhärten, aber nicht die Seele zu zähmen oder die Leidenschaftlichkeit und Frische der mit der Jugend verbundenen Gefühle zu löschen. Die brennende Sonne Indiens und die Befreiung von aller Einschränkung hatten das Feuer seines Charakters eher gesteigert. Wo er sich vorher jeder Kritik gebeugt hatte, war jetzt er ungehalten über jeden Tadel, außer dem seines eigenen Verstandes. Er hatte so viele Gebräuche gesehen und war Zeuge einer so großen Vielfalt von moralischen Überzeugungen gewesen, dass er sich genötigt sah, sich selbst eine unabhängige Überzeugung zu schaffen, welche keine Verbindung mit den besonderen Vorstellungen irgendeines Landes hatte. Seine früheren Vorurteile beeinflussten natürlich sein Urteilsvermögen in der Gestaltung seiner Prinzipien, und einige raue Ideen seiner Universitätszeit hatten sich mit den scharfsinnigsten Schlussfolgerungen seines durchdringenden Verstandes sonderbar vermischt.

Die Leere, die er in seinem Herz trug, das Fehlen von jedem tiefen Interesse am Leben während seiner langen Abwesenheit von seinem Heimatland, hatte eine einzigartige Wirkung auf seine Gedanken gehabt. Da war ein sonderbares Gefühl der Unwirklichkeit, dass er mit seinem Leben im Ausland verband, im Vergleich zu den Jahren seiner Jugend. Die ganze Zeit, die er außerhalb Englands verbracht hatte, war für ihn wie ein Traum, und das ganze Interesse seiner Seele, seine ganze Zuneigung gehörte Ereignissen, die sechzehn Jahre zuvor geschehen waren, und Personen, die damals existiert hatten. Es war seltsam, wenn man ihn reden hörte, zu sehen, wie er diesen Zeitraum als eine Nacht von Traumbildern überging, während die Erinnerungen an seine Jugend, die losgelöst von seinem späteren Leben bestanden, nichts von ihrer Kraft verloren hatten. Er sprach von meiner Mutter, als ob sie nur wenige Wochen zuvor gelebt hätte; nicht, dass er tiefen Kummer zum Ausdruck brachte, aber seine Beschreibung ihrer Person und seine Schilderungen aller Begebenheiten, die mit ihr zusammenhingen, waren so inbrünstig und lebhaft.

Bei alledem gab es etwas seltsames, die mich anzog und verzauberte. Er wirkte wie aus einem langen, unwirklichen Schlaf erwacht, und fühlte sich ein bisschen, wie sich einer der Sieben Schläfer gefühlt haben mag, oder Nourjahad, in dieser süßen Imitation einer östlichen Geschichte.[8] Diana war gegangen, seine Freunde hatten sich verändert oder waren tot, und nun, bei seinem Erwachen, war ich alles, was er auf der Erde zum Lieben hatte.

Wie lieb waren mir die Wasser und die Berge und die Wälder von Loch Lomond, nun, da ich einen so teuren Begleiter für meine Streifzüge hatte. Ich besuchte mit meinem Vater jedes entzückende Fleckchen Erde auf den Inseln oder bei den baumbeschirmten Wasserfällen, jeden schattigen Pfad und jede von Unterholz und Farnkraut überwucherte Waldschlucht. Mein Horizont erweiterte sich durch die Unterhaltung mit ihm. Ich fühlte mich, als wenn ich neu erschaffen worden wäre und in mir die Frische und das Leben eines neuen Wesens fühlen würde. Ich war seit seiner Ankunft

---

[8] Die Legende der sieben Schläfer handelt von sieben edlen christlichen Jünglingen aus Ephesus, die im Jahr 250 vor der Verfolgung durch den römischen Kaiser Decius in einer Höhle flohen, dort eingemauert wurden und für 187 Jahre schliefen; Nourjahad, der Held von Frances Sheridans *The History of Nourjahad* (1767), verbringt gewaltige Zeiträume in einem Zustand des Schlafes bzw. angehaltener Lebensfunktionen. Die Sieben Schläfer wurden in dem Vorwort von Godwins *Mandeville: A Tale of the Seventeenth Century in England* (1817) erwähnt; Sheridans Geschichte war in Henry Webers Sammelwerk *Tales of the East: Comprising the Most Popular Romances of Oriental Origin and the Best Imitations by European Authors* (1812) enthalten, die Mary Shelley im Jahre 1815 gelesen hat; siehe *The Journals of Mary Shelley 1814-1844*, hrsg. von Paula R. Feldman und Diana Scott-Kilvert, Oxford 1987, (im Folgenden *MWSJ*), Band I, Seiten 92, 248.

gewissermaßen von einem begrenzten Fleckchen Erde in ein weites Universum befördert worden, grenzenlos für Phantasie und Verstand. Mein Leben war zuvor wie der Verlauf eines ansprechenden ländlichen Bächleins gewesen, das nie dazu bestimmt war, seine heimischen Felder zu verlassen, und, wenn seine Aufgabe erfüllt war, leise verschwand, ohne eine Spur zu hinterlassen. Jetzt schien es mir wie ein außergewöhnlicher Fluss zu sein, der durch eine fruchtbare und schöne Landschaft floss, immer anders, und immer schön. Ach! Ich wusste nicht, dass die Wüste im Begriff war, ihn zu erreichen; dass Felsen seine Wasser zerteilen würden, und dass ein schreckliches Schauspiel sich auf eine verzerrte Weise in seinen Wellen spiegeln würde. Das Leben war damals großartig. Ich begann, Hoffnung zu schöpfen, und was bringt dem Herzen eine bitterere Verzweiflung, als eine zerstörte Hoffnung?

Ist es nicht seltsam, dass einem so ungeahnten Glück der Kummer so schnell folgte? Ich trank aus einer verzauberten Tasse, aber Galle war auf dem Grund ihrer sich lang hinziehenden Süße. Mein Herz war voll tiefer Zuneigung, aber es war ruhig in seiner äußersten Tiefe und Fülle. Ich hatte keine Ahnung davon, dass aus Liebe sich Elend ergeben konnte, und diese Lektion, die jeder schlussendlich lernen muss, wurde mir auf eine Weise erteilt, wie sie nur wenige ertragen müssen. Ich trauere jetzt und immerzu jenen wenigen, kurzen Monaten des paradiesischen Glücks nach; ich missachtete kein Gebot, ich aß keinen Apfel, und doch wurde ich unbarmherzig aus ihm vertrieben. Ach! Mein Begleiter tat es, und ich löste seinen Fall aus. Aber ich schweife von meinem Bericht ab - lasse das Leid zu seiner vorbestimmten Zeit kommen; ich darf in diesem Stadium meiner Geschichte immer noch von Glück sprechen.

Drei Monate gingen in diesem reizenden Verkehr vorüber, als meine Tante krank wurde. Ich verbrachte einen ganzen Monat in ihrer Kammer und pflegte sie, aber ihre Krankheit war tödlich. Sie starb und ließ mich für einige Zeit untröstlich zurück. Der Tod ist schrecklich für die Lebenden; die Ketten der Gewohnheit sind so stark, sogar wenn ihre Glieder nicht durch Zuneigung verbunden sind, dass das Herz sich damit quälen muss, wenn sie brechen. Aber mein Vater war bei mir, um mich zu trösten und bittere Erinnerungen durch helle Hoffnungen zu vertreiben. Mich dünkte, dass es süß war, nur deshalb zu trauern, damit er meine Tränen trocknen konnte.

Dann wieder lenkte er meine Gedanken von meiner Trauer dadurch ab, dass er sie mit der Verzweiflung verglich, die ihn ergriffen hatte, als er meine Mutter verlor. Sogar zu dieser Zeit schauderte ich vor dem Bild, das er von seinen Leidenschaften zeichnete. Er hatte die Phantasie eines Dichters, und als er den Wirbelwind der Gefühle beschrieb, der damals seine Brust zerriss, gab er seinen Worten einen so eindringlichen, lebendigen Ausdruck, dass ich daran glaubte, während ich zitterte. Ich fragte mich, wie er die Pflichten des Lebens jemals hatte wieder aufnehmen können, nachdem sich seine stürmischen Gedanken dem Unheimlichen zugeneigt zu haben schienen; während er sprach, vermittelte er Gedanken, so schrecklich, dass das menschliche Herz viel zu begrenzt schien, sie sich vorzustellen. Seine Gefühle schienen besser geeignet für einen Geist, dessen Behausungen Erdbeben und Vulkan sind, als für einen, der auf einen sterblichen Körper und menschliche Züge beschränkt ist. Aber dies waren lediglich Erinnerungen; er hatte sich seitdem verändert. Er war jetzt ganz Liebe, ganz Sanftheit; und wenn ich meine Augen in Bewunderung zu ihm erhob, wenn er sprach, sagte mir das Lächeln auf seinen Lippen, dass sein Herz sanfteren Leidenschaften gehörte.

Zwei Monate nach dem Tod meiner Tante zogen wir nach London um, wo mich mein Vater dazu anhielt, tiefere Studien zu betreiben als jene, mit denen ich mich zuvor befasst hatte. Meine Fortschritte machten ihm Freude; er war bei mir während all meiner Studien und unterstützte mich, beteiligte sich an jeder Lehrstunde. Wir hatten Kontakt zu einem großen Teil der Gesellschaft, und kein Tag verging, an dem sich mein Vater nicht darum bemühte, ihn durch irgendeine neue Vergnügung zu schmücken. Die zärtliche Zuneigung, die er mir zeigte, und die Liebe und Ehrfurcht, mit der ich sie zurückgab, legten einen Zauber über jeden Moment. Die Stunden vergingen langsam, denn wir waren jede Minute beschäftigt; wir erlebten in einer Woche mehr, als andere im Verlauf mehrerer Monate, und die Vielfalt und Neuheit unserer Freuden verlieh ihnen Schwung.

Wir machten ständig zusammen Ausflüge. Und ob es war, um wundervolle Landschaften zu besuchen, oder um schöne Bilder anzusehen, oder manchmal mit keinem anderen Ziel, als Zerstreuung zu suchen, wo immer sich die Möglichkeit bot, ich war immer glücklich, wenn ich meinem Vater nahe war. Es war jedes Mal ein Anlass des Bedauerns für mich, wenn sich uns eine dritte Person angeschlossen hatte, doch wenn ich mich mit einem beunruhigten Blick meinem Vater zuwandte, und sich seine Augen auf mir richteten und vor Zärtlichkeit strahlten, stellte sich sofort wieder Freude in meinem Herzen ein. Oh, Stunden intensiver Freude! Kurz, wie Ihr ward, wurdet Ihr mir so lang gemacht wie ein ganzes Leben, wenn ich darauf zurückblicke durch den Dunst aus Kummer, der sofort danach aufsteigt, als ob er Euch vor meiner Sicht verbergen will. Ach! Ihr war das letzte Glück, dessen ich mich jemals erfreute; einige, einige sehr wenige Wochen später, und alles war zerstört. Wie Psyche lebte ich eine Weile in einem verzauberten Palast inmitten von Gerüchen und Musik und jeder luxuriösen Sinnesfreude, und wurde plötzlich auf einem unfruchtbaren Stein zurückgelassen; ein breiter Ozean von Verzweiflung rollte um mich herum. Über allem lag Finsternis und meine Augen schlossen sich, während ich immer noch in einem Universum des Todes lebte.[9] Ich möchte noch nicht weitergehen. Ich möchte für immer auf den Erinnerungen an diese glücklichen Wochen verweilen. Ich möchte jedes Wort wiederholen, und an wie viele erinnere ich mich, jeden Zauber dieses Feenreichs habe ich aufgezeichnet. Aber nein, meine Geschichte darf nicht verweilen; sie muss so rasch sein wie mein Schicksal war - ich kann nur in knappen, gleichwohl starken Ausdrücken meinen schnellen und nicht behebbaren Wechsel vom Glück zur Verzweiflung beschreiben.

---

[9] Laut Apuleius war die Nymphe Psyche in Amor verliebt, der sie in einen Palast brachte, sie aber nur in der Dunkelheit besuchte und ihr verbot, ihn zu sehen; als sie nicht gehorchte, verließ Amor sie, und sie erduldete großes Leid, bevor sie im Himmel wieder mit ihm vereint wurde. Siehe L. Apuleius (124-180), *Der Goldene Esel* (*Metamorphoses*), Bücher IV-VI.

Kapitel IV

Unter unseren gewissenhaftesten Besuchern war ein junger Mann von Rang, der hoch gebildet und von angenehmen Umgangsformen war. Nachdem wir einige Wochen in London verbracht hatten, wurden seine Aufmerksamkeiten mir gegenüber deutlicher, und seine Besuche häufiger. Ich war zu sehr von meinen eigenen Tätigkeiten und Gefühlen beansprucht, um mich sehr darum zu kümmern, und dadurch bemerkte ich kaum mehr als die bloße Oberfläche der Ereignisse, die um mich herum vorgingen; aber ich erinnere mich jetzt daran, dass mein Vater unruhig und nervös war, jedes Mal wenn diese Person uns besuchte. Wenn wir miteinander sprachen, beobachtete er uns mit der scheinbar größten Sorge, obwohl er selbst ein tiefes Schweigen bewahrte. Schließlich hörten diese unerwünschten Besuche plötzlich gänzlich auf, aber von diesem Moment an musste ich eine Veränderung an meinem Vaters feststellen; eine Veränderung, an die zu erinnern mich erschauern lässt und mich mit dem tiefsten Kummer erfüllt. Es gab keine Abstufungen, an denen meinen Sturz vom Glück ins Elend anhielt; es war wie ein Blitzschlag, plötzlich und vollständig. Ach! Ich begegnete nun Stirnrunzeln, wo ich zuvor mit einem Lächeln begrüßt worden war. Er, mein teurer Vater, mied mich und behandelte mich mit einer Schroffheit und Kälte, die mir das Herz brach. Wir hielten keine süße Zwiesprache mehr; und wenn ich versuchte, ihn wieder für mich zu gewinnen, brachten mich seine Verärgerung und die schrecklichen Gefühle, die er zeigte, zum Schweigen und trieben mich zu Tränen.

Und dies geschah völlig überraschend. Den Tag zuvor hatten wir noch allein zusammen auf dem Lande verbracht. Ich erinnere mich daran, dass wir von künftigen Reisen geredet hatten, die wir zusammen unternehmen wollten. Es war eine eifrige Freude in unseren Stimmen und Gesten, die nur aus tiefer und gegenseitiger Liebe entspringen konnte, zusammengefügt zum uneingeschränktesten Vertrauen und jetzt, den nächsten Tag, die nächste Stunde, sah ich seine Brauen zusammengezogen, seine Augen in mürrischer Heftigkeit auf den Boden gerichtet und sein Stimme so leise und so förmlich, dass ich zitterte, wenn er mich ansprach. Oft, wenn meine umherschweifende Phantasie von ihren verschiedenen Vorstellungen mal Trost und mal eine Verschlimmerung des Kummers in meinem Herzen brauchte, habe ich mich mit Proserpina verglichen, die fröhlich und unbekümmert Blumen auf der lieblichen Ebene von Enna sammelte, als der König der Hölle sie zu den Wohnstätten von Tod und Elend wegriss.[10] Ach! Ich, die letztlich nichts außer den Freuden des Lebens kannte; die nur geschlafen

---

[10] Proserpina (lat.; griech. Persephone), Tochter der Ceres (griech. Demeter), die auf den blumigen Ebenen von Enna auf Sizilien lebte, wurde von Pluto (griech. Hades) in die höllischen Regionen verschleppt, wo sie seine Königin wurde. Zu Mary Shelleys dramatischer Bearbeitung dieses Mythos' siehe *The Novels and Selected Works of Mary Shelley Vol. 2, ed. by Pamela Clemit, London 1996*, S. 72-91.

hatte, um süße Träume zu träumen, und in unvergleichlichem Glück erwachte, ich verbrachte jetzt meine Tage und Nächte in Tränen. Ich, die Freundlichkeit in der liebenswürdigen Miene meines Vaters gesucht und gefunden hatte; wenn ich mich jetzt traute, einen flehenden Blick auf ihn zu richten, wurde er immer mit einem ärgerlichen Stirnrunzeln beantwortet. Ich wagte nicht, mit ihm zu sprechen; und wenn ich manchmal den Mut aufbrachte, ihn zu treffen und eine Erklärung zu verlangen, brachte ein Blick in sein Gesicht, in dem stets ein Chaos starker Leidenschaften zu kämpfen schien, mich zum Zittern und ließ mich in Schweigen verfallen. Ich wurde vom Himmel zur Erde gestürzt, wie ein törichter Sperling, der von einem Falken geschlagen wird; meine Augen schwammen, und mein Kopf wurde von dem plötzlichen Erscheinen des Kummers verwirrt. Tag auf Tag verging, nur von meinen Klagen und meinen Tränen angefüllt. Oft richtete ich meine Seele auf mit einem vergeblichen Gebet für einen sanfteren Abstieg vom Glück zum Jammer, oder, wenn mir dies versagt würde, es mir erlaubt sein würde zu sterben, und für immer zu verblassen unter dem grausamen Wind der über mich fegte,

— wofür sollte ich hier sein,
Gleich einer verfallenden Blume, immer noch verdorrend
Unter seinen bitteren Worten, deren freundliche Hitze
Mein armes Herz wärmt? —[11]

---

[11] „— for what should I do here, / Like a decaying flower, still withering / Under his bitter words, whose kindly heat / Should give my poor heart life? —". John Fletcher (1579-1625): *The Captain* (mit Francis Beaumont, 1612/1613), 1. Akt, 3. Szene, Vers 237-240. Lelia, die hier zu ihrem Geliebten spricht, versucht später

Manchmal sagte ich mir, dies ist ein Zauber, und ich muss dagegen ankämpfen. Mein Vater ist von irgendeiner bösartigen Vision geblendet worden, die ich von ihm nehmen muss. Und wie David versuchte ich mit Musik, ihm dem bösen Geist abzugewinnen;[12] und einmal, als ich sang, erhob ich meine Augen zu ihm und sah, dass seine auf mich gerichtet und mit Tränen gefüllt waren; all seine Muskeln schienen sich in Sanftheit gelöst zu haben. Ich sprang zu ihm mit einem Schrei der Freude und hätte mich in seine Arme geworfen, aber er drängte mich grob zurück und verließ mich. Und sogar aus diesem geringfügigen Vorfall entwickelte sich neue Düsternis und eine zusätzliche Härte in seinem Verhalten.

Es gibt viele Vorfälle, die ich berichten könnte, welche den kranken, dennoch unbegreiflichen Zustand seines Gemüts zeigten; aber ich erwähne einen, der stattfand, während wir uns in der Gesellschaft von mehreren anderen Personen befanden. Bei dieser Gelegenheit sagte ich beiläufig, dass ich *Myrrha* für die beste von Alfieris Tragödien hielt.[13] Als ich dies sagte, trafen zufällig meine Augen die seinen. Zum ersten Mal missfiel mir der Ausdruck jener teuren Augen, und ich sah mit Erschrecken, dass seine ganze Gestalt von einem verborgenen Gefühl geschüttelt wurde, das ihn trotz seiner Bemühungen fast bezwang. Als dieser Sturm in seiner Seele

---

ihren Vater zu verführen, den sie mit einem von ihr bewunderten Soldaten verwechselt.

[12] Anspielung auf das Alte Testament (AT), 1 Samuel, 16, 23.

[13] *Myrrha* (1785), Tragödie von Vittorio Alfieri (1749-1803) über eine inzestuöse Liebe zwischen Vater und Tochter (basierend auf Ovid, *Metamorphosen*, Buch X, Vers 298-502).

verblasste, wurde er melancholisch und still. Jeden Tag ergab sich eine neue Szene und zeigte, dass sein Verstand anscheinend mit einem unbekannten Entsetzen kämpfte, dass er jetzt meistern konnte, aber welches manchmal drohte, seine Vernunft niederzuringen und den hellen Sitz seiner Intelligenz in ein immerwährendes Chaos zu werfen.

Ich verweile nicht länger als ich muss bei diesen katastrophalen Umständen. Ich könnte Tage damit verschwenden zu beschreiben, wie ängstlich ich jeden Wandel und jeden flüchtigen Umstand beobachtete, der bessere Tage versprach, und mit welcher Verzweiflung ich feststellen musste, dass jede Bemühung von mir seinen scheinbaren Wahnsinn verschlimmerte. Um meinen ganzen Kummer darzustellen, könnte ich ebenso versuchen, jede Träne, die aus diesen Augen geflossen ist, oder jeden Seufzer, der mein Herz zerrissen hat, aufzuzählen. Ich werde es kurz machen, denn in all diesen Ereignissen liegt ein Entsetzen, das nicht viele Worte verträgt, und ich versinke fast ein zweites Mal in Todesschatten, während ich mir diese traurigen Szenen in mein Gedächtnis zurückrufe. Oh, mein teurer Vater! Du hast mich über alle Maßen traurig gemacht, aber wie getreulich habe ich dir damals verziehen und wie vollständig hast du mein ganzes Herz besessen, während ich mich darum bemühte, wie ein Regenbogen, der auf einem Katarakt schimmert,[14] deine ungeheure Trauer zu besänftigen.

Auf diese Art vollzog sich diese Veränderung. Ich scheine vielleicht zu plötzlich in der Beschreibung vorgeprescht zu sein, aber auf diese plötzliche Art ist es geschehen. Innerhalb

---

[14] Anspielung auf George Noel Gordon, Lord Byron: *Childe Harold's Pilgrimage, Canto IV* (1818), Stanza 71-72. Mary Shelley las den Canto IV am 27. September 1818 *(MWSJ*, Bd. I, S. 227).

eines Satzes ging der Gedanke des unbeschreiblichen Glücks über in einen des unbeschreiblichen Leids, aber auf diese Weise waren sie eng miteinander verbunden. Wir waren fünf Monate in London geblieben, drei der Freude und zwei der Trauer. Mein Vater und ich waren jetzt selten allein oder, wenn wir es waren, bewahrte er im allgemeinen Stillschweigen, mit auf den Boden gerichteten Augen - diesen dunklen vollen Himmelskörpern, in denen ich zuvor die süßesten und sanftesten Gefühle lesen konnte, beschattet vor meinem Blick durch die Lider und langen Wimpern, die sie säumten. Wenn wir in Gesellschaft waren, gab er Heiterkeit vor, aber ich weinte, wenn ich sein hohles Lachen hörte – es begann mit einem leeren Grinsen und endete oft in einem bitteren Hohnlächeln, wie es vor dieser unheilvollen Zeit nie seine Lippen zerknittert hatte. Wenn andere da waren, sprach er oft mit mir, und seine Augen folgten ständig jeder meiner Bewegungen. Sein Tonfall war, jedes Mal wenn er mich ansprach, kalt und gezwungen, obwohl seine Stimme zitterte, wenn er wahrnahm, dass mein volles Herz die Antwort auf Worte herunterschluckte, die mit einer Miene dargeboten wurden, die mir noch neu war.

Aber Tage friedlicher Melancholie waren seltene Vorkommnisse, sie wurden oft unterbrochen durch Böen der Leidenschaft, die mich davon trieben wie ein schwaches Boot auf einem aufgewühlten Meer, das eine kleine Bucht als Unterschlupf suchte; aber die Winde bliesen aus Richtung meines Heimathafens, und ich wurde weit, weit zurückgeworfen, bis ich zerschmettert zu Grunde ging, wenn der Sturm vorüber und das Meer scheinbar ruhig war. Ich weiß nicht, ob ich seine Gefühle beschreiben kann. Manchmal gab er sie nur durch ein Wort oder eine Geste preis und zog sich dann in seine Kammer zurück, und ich schlich mich so nah heran wie ich mich traute, und horchte mit Furcht auf jedes Geräusch; doch noch mehr fürchtete ich eine plötzliche Stille. Ich weiß nicht, was ich fürchtete, aber ich war immer voller Furcht.

Es war nach einem fürchterlichen Tag, als seine Augen Blitze auf mich geschleudert hatten und seine Stimme, scharf und gebrochen, außerstande gewesen zu sein schien, das Ausmaß seiner Gefühle auszudrücken, als er am Abend, während ich allein war, mit mir zusammentraf. Mit einer ruhigen Miene, und ohne meiner Tränen zu bemerken, die ich schnell trocknete, als er sich näherte, sagte er mir, dass er beabsichtigte, in drei Tagen mit mir auf seinen Besitz in Yorkshire zurückzukehren. Nachdem er mir geboten hatte, mich vorzubereiten, verließ er mich hastig, als ob er Angst vor weiteren Fragen hätte.

Seine Entschlossenheit in dieser Sache überraschte mich sehr. Auf diesem Besitz hatte er in seiner Kindheit gelebt, und er lag in der Nähe des Anwesens, in dem meine Mutter gewohnt hatte, als sie ein Mädchen war; dies war der Schauplatz ihrer jugendlichen Liebe gewesen, und wo sie nach ihrer Heirat gelebt hatten. In glücklicheren Tagen hatte mein Vater mir oft gesagt, das es zwar sein könnte, dass er von seiner Trauer als Witwer entwöhnt und an anderen Orten von bitteren Erinnerungen frei schien, doch würde er es nie wagen, den Ort zu besuchen, wo er ihre Gesellschaft genossen hatte, oder die Räume zu sehen, die sie so viele Jahre zuvor zusammen bewohnt hatten, oder ihre bevorzugten Spazierwege zu betreten und die Gärten mit jenen Blumen, an deren Kultivierung sie sich erfreut hatte. Und nun, während er das intensivste Elend erlitt, entschied er, sich in ein noch intensiveres zu stürzen, und trachtete nach stärkeren Gefühlen als jene, die ihn schon zerrissen. Ich war verblüfft und bemühte mich sehr, zu erfahren, was dies bedeutete. Ach, was konnte es bedeuten, außer Verderben!

Ich sah wenig von meinem Vater in dieser Zeit, aber er schien ruhiger, obwohl nicht weniger unglücklich, als zuvor. Am Morgen des dritten Tages informierte er mich, dass er zuerst allein nach Yorkshire gehen wollte, und dass ich ihm in vierzehn Tagen folgen sollte, es sei denn, ich würde inzwischen etwas anderes von ihm hören. Er fuhr am selben Tag ab, und vier Tage später erhielt ich einen Brief von seinem Haushofmeister, der mich in seinem Namen aufforderte, so schnell wie möglich nachzukommen. Nachdem ich Tag und Nacht gereist war, kam ich mit einem ängstlichen, aber hoffenden Herz an, denn warum sollte er nach mich senden, wenn es nur wäre, um mich zu meiden und mich mit der offensichtlichen Abneigung wie in London zu behandeln. Ich traf ihn in einer Entfernung von dreißig Meilen von unserer Villa. Seine Haltung war traurig; im ersten Moment schien er froh, mich zu sehen, doch dann überprüfte er sich, als ob er nur widerwillig seine Gefühle preisgeben wollte. Er war still während unserer Fahrt, doch sein Benehmen war freundlicher als zuvor, und ich bildete mir ein, eine Sanftheit in seinen Augen zu erblicken, die mir Hoffnung gab.

Als wir nach einer kleinen Rast ankamen, führte er mich durch das Haus und zeigte mir die Räume, die meine Mutter bewohnt hatte. Obwohl mehr als sechzehn Jahre seit ihrem Tod vergangen waren, war nichts verändert worden; ihr Arbeitskästchen, ihr Schreibtisch war immer noch dort, und in ihrem Zimmer lag ein Buch aufgeschlagen auf dem Tisch, wie sie es verlassen hatte. Mein Vater wies auf diese Umstände mit einer ernsten und unveränderten Miene hin, und nur hin und wieder richtete er seine dunklen, glänzenden Augen auf mich. Es war etwas Fremdes und Schreckliches in seinem Blick, der mich in seinen Bann zwang, und ich konnte nicht anders, ich weinte. Er versuchte nicht, mich zu trösten, aber ich sah seine Lippen zittern, und die Muskeln seines Gesichts schienen zu zucken.

Wir gingen zusammen in den Gärten spazieren, und am Abend, als ich mich zurückziehen wollte, hieß er mich zu bleiben und ihm vorzulesen. Er sagte zunächst: „Als ich zuletzt hier war, las deine Mutter mir aus Dante vor; lies dort weiter, wo sie aufhörte." Dann, nach einem Moment sagte er: „Nein, das darf nicht sein; du darfst Dante noch nicht lesen. Wähle ein anderes Buch." Ich nahm Spenser heraus und las den Abstieg von Sir Guyon zu den Hallen der Habgier vor;[15] während er zuhörte, richteten sich seine Augen auf mich in trauriger und tiefgründiger Stille.

Ich hörte am nächsten Morgen von dem Haushofmeister, dass mein Vater bei seiner Ankunft in einer höchst schrecklichen Gemütsverfassung gewesen sei. Er hatte die erste Nacht im feuchten Gras des Gartens liegend verbracht; er hatte nicht geschlafen, aber ständig gestöhnt. „Ach!", sagte der alte Mann, der mir diesen Bericht mit Tränen in den Augen gab, „es dreht mir das Herz herum, meinen Herrn in diesem Zustand zu sehen. Als ich hörte, dass er mit Euch, meine junge Dame, hier herauskommt, dachte ich, dass wir die glücklichen Tage von einst wieder erleben würden, die wir während des kurzen Lebens meiner Herrin, Eurer Mutter, genossen. Aber das wäre zu viel Glück für uns arme Wesen, geboren für Tränen; und darum wurde sie auch so bald von

---

[15] Edmund Spenser (1552-1599): *The Faerie Queene* (1590-1596), Book II, Canto VII; Sir Guyon, der Ritter der Enthaltsamkeit, besucht die Höhle des Mammon, des Gottes der Fülle, und wird durch die Reichtümer in Versuchung geführt.

uns genommen; sie war zu schön und zu gut für uns. Es war ein glücklicher Tag, so dachten wir alle, als mein Herr sie heiratete. Ich kannte sie, seit sie ein Kind war, und sie hatte in der Zeit meiner alten Dame viel Gutes für mich getan. Ihr seid wie sie, obwohl es mehr von meinem Herrn in Euch gibt. Aber sagt, ist er immer so gewesen seit seiner Rückkehr? All meine Freude verwandelte sich in Trauer, als ich ihn erstmals mit dieser melancholischen Miene diese Tore durchschreiten sah, als ob es der Tag nach dem Begräbnis meiner Herrin wäre. Er schien sich ein wenig zu erholen, nachdem er mir geboten hatte, Euch zu schreiben. Aber es ist immer noch eine traurige Sache, ihn so unglücklich zu sehen." Dies waren die Gefühle eines alten, treuen Dieners; wie mussten erst jene einer liebenden Tochter sein. Ach! Sogar dann war mein Herz fast gebrochen.

Wir verbrachten zwei Monate in diesem Haus. Mein Vater verbrachte den größeren Teil seiner Zeit mit mir; er begleitete mich auf meinen Spaziergängen, lauschte meiner Musik und beugte sich über mich, wenn ich las oder malte. Wenn er sich mit mir unterhielt, war sein Benehmen kalt und gezwungen; nur seine Augen schienen zu sprechen, und wenn er sie mir in ihrem schwarzen, vollen Glanz zuwandte, drückten sie eine tiefe Traurigkeit aus. Es gab etwas in diesen dunklen, tiefen Augen, so glänzend und intensiv, dass ich ihrem vollen Blick sogar in glücklichen Tagen nie begegnen konnte, ohne dass meine Augen überflossen. Doch das waren süße Tränen; jetzt war eine Tiefe des Leidens in ihrem sanften Flehen, die mein Herz mit Mitgefühl erfüllte. Sie schienen mir Frieden und sich selbst ein Herz, geduldig zu leiden, zu wünschen, ein Verlangen nach Mitgefühl, doch auch eine andauernde Selbstverleugnung, auszudrücken. Nur wenn er nicht mit mir zusammen war, überwältigte ihn seine Leidenschaft. Er rang seine Hände, und, die Brauen zusammenziehend, mit ausgezehrtem Blick, wild phantasierend, rief er in seiner Verzweiflung den Tod herbei, bis er erschöpft niedersank und leblos liegen blieb, bis ich wieder mit ihm zusammenkam.

Während unseres Aufenthalts in London war eine Schroffheit und Verdrießlichkeit in seiner Trauer gewesen, die jetzt ganz verschwunden war. Dort war ich zurückgeschreckt und vor ihm geflüchtet; jetzt wünschte ich nur, bei ihm zu sein, um ihm Frieden zu bringen. Wenn er still war, versuchte ich ihn abzulenken, und, wenn ich mich manchmal zu ihm stahl, während das Feuer der Leidenschaft in ihm brannte, weinte ich, wollte ihn aber nicht verlassen. Doch er litt furchtbare Qualen; tagsüber war er ruhiger, aber nachts, wenn ich nicht bei ihm sein konnte, schien er seinem Kummer nachzugeben. Er verbrachte seine Nächte oft entweder auf dem Boden im Zimmer meiner Mutter, oder im Garten, und wenn er am Morgen sah, wie ich mit tiefem Kummer seine erschöpfte Gestalt betrachtete, und mit Wachsamkeit auf seine fast tödlich träge Erscheinung blickte, weinte er; aber in dieser ganzen Zeit sprach er kein Wort, aus dem ich die Ursache für sein Unglück hätte erraten können. Wenn ich wagte, ihn zu fragen, verließ er mich entweder oder er drückte einen Finger auf seinen Lippen und wandte sich mit einem missbilligenden Blick, dem ich nicht widersprechen konnte, ab. Wenn ich weinte, blickte er mich still an, aber er war nicht mehr so schroff, und obwohl er noch jede Zärtlichkeit abwehrte, geschah dies mit Sanftheit.

Er schien sich, obwohl weiterhin traurig, einem sanften Kummer und weicheren Gefühlen hinzugeben, als eine Erleichterung von seiner Verzweiflung. Er fand viele Wege, seine Melancholie als Gegenmittel zu wilderen Leidenschaft zu pflegen. Er verkehrte ständig auf den Wegen, die ihm am liebsten gewesen waren, als er und meine Mutter zusammen spazieren gegangen waren und von Liebe und Glück geredet hatten. Er sammelte jedes Relikt, das von ihr geblieben war. Er saß immer wieder vor ihrem Bild, das in seinem Zimmer hing, und blickte voller Trauer und Verzweiflung darauf; und all dies geschah in einer mystischen und schrecklichen Stille. Wenn ihn seine Leidenschaften besiegten, schloss er sich in seinem Zimmer ein; nachts lief er unruhig durch das Haus, wenn jedes andere Wesen schlief.

Man kann sich leicht vorstellen, dass ich die wildesten Vermutungen anstellte, um die Ursache für seine Trauer zu erraten. Die Lösung, die mir die wahrscheinlichste zu sein schien, war, dass er sich während seines Aufenthaltes in London in irgendeine unwürdige Person verliebt hatte und dass ihn jetzt seine Leidenschaft beherrschte, ohne dass er sie befriedigen konnte. Er liebte mich zu sehr, um mich dieser Neigung zu opfern, und er hatte jetzt dieses Haus aufgesucht, damit durch das Wiederaufleben der Erinnerung an meine Mutter, die er so leidenschaftlich geliebt hatte, die gegenwärtigen Gefühle geschwächt werden könnten. Dies war möglich; aber es war eine durch keine Tatsache begründete bloße Vermutung. Konnte darin Schuld liegen? Er war zu aufrichtig und edel, um irgendetwas zu *tun*, das sein Gewissen nicht gestatten konnte. Ich wusste noch nichts vom Verbrechen, das es in einem unwillkürlichen Gefühl liegen kann, und schrieb deshalb sein stürmisches Erschrecken und seine düsteren Blicke gänzlich den Kämpfen in seinem Verstand zu, und nicht das sie, wie sie es teilweise waren, von dem schlimmsten Dämon von allen verursacht wurden – der Reue.

Aber ich bilde mir immer noch ein, dass dies vorübergegangen wäre. Seine Anfälle von Leidenschaft waren schrecklich, aber seine Seele trug ihn, obwohl fast zerstört vom Sieg, triumphierend durch sie hindurch; er hätte den Kampf schließlich gewonnen, hätte nicht ich, ich törichte und überhebliche Närrin, ihn zur Eile getrieben, bis es kein Zurück, keine Hoffnung mehr gab. Meine Überstürztheit gab den Sieg in diesem schrecklichen Kampf dem Feind, der über ihn triumphierte, als er bezwungen dalag. Ich! Ich allein war die Ursache für seine Niederlage, und ich bezahlte die furchtbare Strafe zu Recht. Ich sagte mir, lass ihn Mitgefühl empfangen und diese Kämpfe werden aufhören. Lass ihn sein Elend einem anderen Herzen anvertrauen, und es wird um die Hälfte des Gewichts leichter werden. Ich will ihn für mich gewinnen; er soll seinen Kummer vor mir nicht verleugnen, und wenn ich sein Geheimnis kenne, dann werde ich Balsam in seine Seele fließen lassen, und ich werde wieder die atemberaubende Freude seines Lächelns genießen, und sehen, wie seine Augen wieder, wenn nicht in Vergnügen, so wenigstens in sanfter Liebe und Dankbarkeit erstrahlen. Dies werde ich tun, sagte ich mir. Halb schaffte ich es. Ich erfuhr sein Geheimnis, und wir waren beide verloren für immer.

Kapitel V

Beinahe ein Jahr war vergangen seit der Rückkehr meines Vaters und die Jahreszeiten hatten ihren Lauf fast beendet. Es war jetzt Ende Mai; die Wälder waren in ihrem frischesten Grün gekleidet, und der süße Duft des frisch gemähten Grases hing in den Feldern. Ich dachte, dass die milde Luft und das liebliche Antlitz der Natur mir dabei helfen würden, ihn mit sanften Empfindungen zu erfüllen und ihm freundliche Gefühle von Frieden und Liebe einzugeben, in Vorbereitung auf das Vertrauen, das ich von ihm zu gewinnen trachtete.

Ich wählte deshalb den Abend von einem dieser Tage für meinen Versuch. Ich lud ihn ein, mit mir spazieren zu gehen, und führte ihn in einen nahen Buchenwald, dessen leichter Schatten uns vor den schrägen und schillernden Strahlen der untergehenden Sonne schützte. Nachdem wir einige Zeit gegangen waren, setzte ich mich mit ihm auf einen moosbewachsenen Hügel. Es ist seltsam, aber sogar jetzt scheine ich die Stelle zu sehen: Die schlanken und glatten Stämme, viele von ihnen von Efeu umrankt, dessen glänzende Blätter von dunkelstem Grün sich von der weißen Borke und den hellen Blättern der jungen Triebe der Buchen abhoben, die aus ihren Elterstämmen wuchsen; das kurze Gras war mit Moos vermengt und teilweise mit den toten Blättern des letzten Herbstes bedeckt, die sich, vom Wind getrieben, hier und dort in kleinen Hügeln angesammelt hatten; da war ein wenig Moos, das auf Baumstümpfen wuchs. Die Blätter wurden von einer Brise sanft bewegt, und durch ihren grünen Baldachin konnte man den hellen, blauen Himmel sehen. Als der Abend hereinbrach, röteten sich die weiter entfernten Baumstümpfe in der Sonne, und der Wind erstarb völlig, während einige Vögel an uns vorüberflogen, auf dem Weg zu ihrer Nachtruhe.

Nun, es war hier, wo wir zusammen saßen, und wenn Sie hören, das all dies Vergangenheit ist - all dies Schreckliche, das unsere Seelen zerriss, sogar an diesem beschaulichen Ort, der ohne diese seltsamen Leidenschaften ein Paradies für uns hätte sein können, wird es Sie nicht wundern, dass ich bei seinem Anblick hoffte, dass seine Ruhe mir Ruhe geben und mich nicht nur mit Mut erfüllen, sondern auch mit überzeugenden Worten versehen möge. Ich sah all diese Dinge, und auf eine abwesende Art notierte ich sie in meinem Verstand, während ich mich darum bemühte, meine Gedanken in eine passende Ordnung für meinen Versuch zu bringen. Mein Herz schlug schnell, als ich mich überwand mit ihm zu sprechen, denn ich war entschlossen, mich nicht zurückweisen zu lassen, aber ich zitterte bei der Vorzustellung, welche Wirkung meine Worte auf ihm haben könnten; schließlich, nach langem Zaudern, begann ich:

„Deine Liebenswürdigkeit mir gegenüber, mein liebster Vater, und die Zuneigung, die übergroße Zuneigung, die du für mich hegtest, als du das erste Mal zurückgekehrt bist, wird, wie ich hoffe, in deinen Augen entschuldigen, dass ich mit dir so zu sprechen wage, sowohl mit der zarten Zuneigung einer Tochter, doch auch mit der Freiheit eines Freundes und Gleichgestellten. Aber ich flehe dich an, verzeih mir, und höre mir zu. Wende dich nicht ab von mir; sei nicht ungeduldig; du kannst mich leicht so einschüchtern, dass ich still bin, aber mein Herz zerplatzt fast, und ich kann nicht noch einen Moment länger bereitwillig die Qual der Ungewissheit erdulden, wie ich sie in den letzten vier Monaten erduldet habe.

Höre mir zu, liebster Freund, und erlaube mir, dein Vertrauen zu gewinnen. Sind die glücklichen Tage gegenseitiger Liebe der Vergangenheit für mich nur ein Traum, der nie wiederkehrt? Ach! Du hast einen geheimen Kummer, der uns beide zerstört: aber du musst mir erlauben, dir dieses Geheimnis abzuringen. Sag mir, kann ich nichts tun? Du weißt sehr gut, dass es auf der ganzen Erde kein Opfer gibt, das ich nicht bringen würde, keine Arbeit, der ich mich nicht unterziehen würde, für die bloße Hoffnung, dir Erleichterung zu verschaffen. Aber, wenn auch keine Anstrengung von meiner Seite zu deinem Glück beitragen kann, so lass mich wenigstens deinen Kummer wissen, und bestimmt kann meine ernsthafte Liebe und mein tiefes Mitgefühl deine Verzweiflung lindern.

Ich fürchte, dass ich auf eine gezwungene Art und Weise spreche. Mein Herz läuft über von dem glühenden Wunsch, Ruhe in deine Gedanken und Blicken zu bringen; aber ich fürchte, deinen Kummer zu verschlimmern oder das in dir, was der Tod für mich wäre, Ärger und Widerwillen wachsen. Fahre nicht fort, deine Augen auf die Erde zu richten; erhebe sie zu mir, damit ich deine Seele in ihnen sehen kann. Sprich mit mir und verzeih mir meine Vermessenheit. Ach! Ich bin ein höchst unglückliches Wesen!"

Ich war atemlos vor Aufregung, und ich hielt inne, meine Augen mit ernstem Blick auf meinem Vater gerichtet, nachdem ich die aufdringlichen Tränen weggewischt hatte, die sie trübten. Er hob die seinen nicht, aber nach einer kurzen Pause antwortete er mir mit leiser Stimme: „Du bist wirklich anmaßend, Mathilda, anmaßend und sehr voreilig. In einem Herzen wie dem meinen sind geheime Gedanken am Werk, und geheime Qualen, die du nicht versuchen solltest zu entdecken. Ich kann dir nicht sagen, wie es meinen Kummer erhöht, zu wissen, dass ich die Ursache für dein Unbehagen bin; aber dies wird vorübergehen, und ich hoffe, dass wir bald wieder das sein werden, was wir einige Monate zuvor waren. Halte deine Ungeduld zurück, oder du könntest verderben, was du zu lindern versuchst. Sprich nicht wieder mit mir unter diesem Druck, sondern erwarte mit unterwürfiger Geduld die Ereignisse, wie sie geschehen werden."

„Oh, ja!", antwortete ich leidenschaftlich, „ich werde sehr geduldig sein. Ich werde nicht voreilig oder anmaßend sein. Ich werde die Qualen und Tränen und die Verzweiflung meines Vaters mit ansehen, meines einzigen Freundes, meiner Hoffnung, meines Schutzes, ich werde alles mit ansehen mit verschränkten Armen und gesenktem Blick. Du behandelst mich nicht mit Offenheit; es ist nicht wahr, was du sagst; dies wird nicht bald vorübergehen, es wird für immer andauern, wenn du dich herablässt, nicht mit mir zu sprechen, meinen Trost zulassen.

Liebster, liebster Vater, habe Mitleid mit mir und verzeihe mir. Ich flehe dich darum an, mich nicht zur Verzweiflung treiben; wirklich, du darfst mich nicht zurückweisen. Es gibt eine Sache, die du mir, auch wenn mich das Wissen darum quälen könnte, doch sagen musst. Ich verlange zu wissen, und ich verlange es bei allem, was mir heilig ist, ob ich auf irgendeine Weise die Ursache für dein Unglück bin. Siehst du nicht meine Tränen, gegen die ich vergeblich ankämpfe; hörst du ungerührt meine von Schluchzern gebrochene Stimme;

fühlst du, wie meine Hand zittert. Mein ganzes Herz liegt in den Worten, die ich spreche, und du darfst mich nicht durch bloße Worte ohne Bedeutung zum Schweigen zu bringen. Die Qual meiner Zweifel treibt mich zur Eile an, und du musst antworten. Ich flehe dich an, bei deiner jetzt verloren gegangenen, früheren Liebe zu mir beschwöre ich dich, diese eine Frage zu beantworten: Bin ich die Ursache für deinen Kummer?"

Er hob seine Augen vom Boden, aber wandte sie immer noch von mir ab und sagte: „So angefleht werde ich deine voreilige Frage beantworten. Ja, du bist die einzige, die qualvolle Ursache für alles, was ich erleide, für alles, was ich erleiden muss, bis ich sterbe. Jetzt hüte dich! Sei still! Dränge mich nicht zu deiner Zerstörung. Ich bin vom Sturm gefällt, entwurzelt, liege da wie Abfall. Aber du könnest ihm widerstehen. Du bist jung, und deine Leidenschaften ruhen in Frieden. Ein Wort, von mir gesprochen, und du würdest mit in meinen Untergang gerissen; doch dieses Wort schwebt auf meinen Lippen. Oh! Es gibt eine furchtbaren Abgrund; ich beschwöre dich, hüte dich!"

„Ach, liebster Freund!", weinte ich, „befürchte nichts! Sprich dieses Wort; es bringt Frieden, nicht den Tod. Wenn es einen Abgrund gibt, wird uns unsere gegenseitige Liebe Flügel verleihen, um ihn zu überwinden, und wir werden Blumen und Grün und Freude auf der anderen Seite finden." Ich warf mich zu seinen Füßen und nahm seine Hand: „Ja, sprich, und wir werden glücklich sein; es gibt keinen Zweifel mehr, keine schreckliche Ungewissheit; vertraue mir, meine Zuneigung wird deine Trauer besänftigen; sprich dieses Wort und alle Gefahr wird vorüber sein, und wir werden einander lieben wie zuvor und für immer."

Er riss seine Hand aus der meinen und erhob sich in heftiger Unruhe: „Was redest du? Du weißt nicht, wovon du redest. Warum bringst du mich hierher und quälst mich, und führst mich in Versuchung, und tötest mich. Viel vergnüglicher wäre es für dich und für mich, wenn du in deiner rasenden Neugier das Herz aus meiner Brust reißen und versuchten würdest, seine Geheimnisse darin zu lesen, während sein Lebensblut heraustropft. So könntest du mich dadurch trösten, dass du mich auf ein Nichts reduzierst; aber deine Worte kann ich nicht ertragen. Bald werden sie mich verrückt machen, ganz verrückt, und dann werde ich seltsame Worte äußern, und du wirst sie glauben, und wir werden beide für immer verloren sein. Ich sage dir, dass ich am äußersten Rand des Wahnsinns stehe. Warum, grausames Mädchen, treibst du mich weiter; du wirst es bereuen, und ich werde sterben."

Wenn ich seine Worte wiederhole, wundere ich mich über meine hartnäckige Torheit. Ich weiß nicht, welche Gefühle mich unwiderstehlich vorantrieben. Ich glaube, es war, weil ich entschlossen war, mich nicht zurückweisen zu lassen, weshalb ich direkt auf mein Ziel zusteuerte, ohne seine Antworten recht abzuwägen. Ich wurde von Leidenschaften geführt und zog ihn mit rasendem Leichtsinn in den Abgrund, den er so ängstlich vermied. Ich antwortete auf seine schrecklichen Worte: „Du erfüllst mich wahrlich mit Furcht, liebster Vater, aber du bestätigst nur meinen Entschluss, ein Ende dieses Zustands des Zweifels herbeizuführen. Auf diese Weise schreckst du mich nicht ab. Denkst du, dass ich so leben kann, ängstlich von Tag zu Tag - das Schwert in meinem Busen, von seinem tödlichen Streich nur noch abgehalten von einem Haar - einem Wort! Ich fordere dieses schreckliche Wort; obwohl es wie ein Blitz sein kann, mich zu zerstören, sprich es aus.

Ach! Ach! Was ist aus mir geworden? Nur einige Monate sind vergangen, da ich glaubte, dass ich die ganze Welt für dich sei; und dass es kein Glück und kein Unglück für dich auf Erden gäbe, das du nicht teilen würdest mit deiner Mathilda - deinem Kind. Diese glückliche Zeit ist vorbei, und das, was ich am meisten in dieser Welt fürchtete, ist über mich gekommen. In der Verzweiflung meines Herzens sehe ich, was du nicht verbergen kannst. Du liebst mich nicht mehr. Ich beschwöre dich, mein Vater, hat nicht eine unnatürliche Leidenschaft dein Herz ergriffen? Bin ich nicht der erbärmlichste Wurm auf Erden? Umfasse ich nicht deine Knie, und du stößt mich höchst grausam zurück? Ich weiß es - ich sehe es - du hasst mich!"

Ich wurde von heftigen Gefühlen bewegt. Ich erhob mich von seinen Füßen, zu denen ich mich geworfen hatte, und lehnte ich mich an einen Baum, meine Augen wild zum Himmel erhoben. Er antwortete mit Heftigkeit: „Ja, ja, ich hasse dich! Du bist mein Fluch, mein Gift, mein Ekel! – Oh, nein", und dann änderte sich sein Benehmen, und er richtete seine Augen mit einem Ausdruck auf mich, der jeden Nerv und jedes Glied meiner Gestalt erschütterte. „Du bist nichts von alledem. Du bist mein Licht, meine Einzige, mein Leben. Meine Tochter, ich begehre dich!" Die letzten Worte erstarben in einem heiseren Geflüster, aber ich hörte sie und sank zu Boden, mein Gesicht mit den Händen bedeckend und fast tot durch ein Übermaß an Übelkeit und Furcht. Kalter Schweiß bedeckte meine Stirn, und ich zitterte an jedem Glied; aber er fuhr fort, seine Hände in einer rasenden Geste ringend:

„Jetzt bin ich von der Spitze des Felsens bis zu seinem Fuß gestürzt! Jetzt habe ich mich in den furchtbaren Abgrund gestürzt! Die Gefahr ist vorüber; sie lebt noch! Oh, Mathilda, hebe diese teuren Augen, von denen ich lebe, ins Licht. Lass mich die süßen Töne deiner lieblichen Stimme in Frieden und Stille hören. Monster, das ich bin, du bist immer noch, was du immer warst, schön, über alle Maßen schön. Was ich seit diesem letzten Moment geworden bin, ich weiß es nicht; vielleicht habe ich das Mienenspiel gewechselt wie der gefallene Erzengel. Ich glaube, dass ich es habe, denn ich habe mit Sicherheit eine neue Seele in mir, und das Blut schießt durch meine Venen. Ich brenne vor Fieber. Aber dies sind wertvolle Momente. Ich bin zum Teufel geworden, doch das vor mir ist nach wie vor meine Mathilda, die ich liebe, wie noch nie zuvor jemand geliebt wurde. Und sie weiß es jetzt. Sie lauscht diesen Worten, von denen ich dachte, Narr, der ich war, dass sie sie in den Tod treiben würden. Komm, komm, das Schlimmste ist vorüber. Kein weiterer Kummer, keine Tränen oder Verzweiflung; waren dies nicht deine Worte? Wir sind über den Abgrund gesprungen, von dem ich dir erzählte, und jetzt, merke auf, Mathilda, finden wir Blumen und sattes Grün und Freude; oder ist es Hölle und Feuer und Qual? Oh! Meine Teure, ich werde weggetragen. Ich kann mich nicht mehr aufrecht halten. Bestimmt ist dies der Tod, der kommt. Lass mich meinen Kopf nahe an dein Herz legen; lass mich in deinen Armen sterben!" Er sank ohnmächtig zur Erde, während ich, nahezu leblos, voller Verzweiflung auf ihn blickte.

Ja, war es Verzweiflung, die ich fühlte; zum ersten Mal ergriff mich dieses Phantom. Das erste und einzige Mal, denn es hat mich seither nie verlassen. Nach den ersten Momenten sprachloser Qual fühlte ich ihre Reißzähne in meinem Herzen. Ich raufte mein Haar. Ich phantasierte laut. In einem Moment des Mitgefühls mit seinem Leid hatte ich meinen Vater in die Arme geschlossen. Dann fuhr ich mit Entsetzen zurück und trat ihn mit meinem Fuß. Ich fühlte mich dabei, als ob ich von einer Schlange gebissen, als ob ich vom Stachel eines Skorpions heimgesucht wurde, der in mich hineinfuhr. Ach! Wohin - wohin?

Nun, dies konnte nicht so bleiben. Ein Gedanke raste durch meinen Verstand: Niemals, niemals wieder kann ich mit ihm sprechen. Als mich diese schreckliche Überzeugung befiel, zerschmolz meine Seele zu Zärtlichkeit und Liebe. Ich blickte auf ihn, um einen letzten Abschied zu nehmen; er lag da und nahm nichts wahr, die Augen geschlossen und die Wangen tödlich fahl. Die Blätter des Buchenwaldes warfen einen flackernden Schatten auf sein Gesicht und wiegten sich im Takt einer traurigen Melodie über ihm. Ich sah all diese Dinge und sagte: „Ach, dies ist sein Grab!" Und dann weinte ich laut, und erhob meine Augen zum Himmel, um ein Nachlassen meiner Verzweiflung und Linderung für sein unnatürliches Leiden zu erflehen. Die Tränen, die in einem warmen und heilenden Strom aus meinen Augen flossen, milderten die Bürde, die mein Herz fast bis zum Wahnsinn bedrückte. Ich weinte lange, bis ich sah, wie er sich wieder regte. Da kamen Entsetzen und Elend wieder, und der Strom meiner Aufregung kehrte in sein früheres Bett zurück. Mit einer panischen Angst, die ich nicht beherrschen konnte, sprang ich auf und floh schnell wie der Wind entlang der Pfade im Wald und über die Felder, bis ich fast zu Tode erschöpft unser Haus erreichte, und, nachdem ich nur noch angeordnet hatte, dass die Diener meinen Vater an der Stelle suchten, die ich ihnen bezeichnet hatte, schloss ich mich in meinem Zimmer ein.

Kapitel VI

Meine Kammer befand sich in einem abgeschiedenen Teil des Hauses und schaute auf den Garten, so dass kein Geräusch der anderen Einwohner sie erreichen konnte; und in vollständiger Einsamkeit weinte ich hier für mehrere Stunden. Als ein Diener kam, um mich zu fragen, ob ich speisen wolle, erfuhr ich von ihm, dass mein Vater zurückgekehrt war, und es ihm anscheinend gut ging. Dies befreite mich von einer großen Last, doch ich hörte nicht auf, bitterlich zu weinen. Zunächst, als mich die Erinnerung an das frühere Glück im Gegensatz zu meiner jetzigen Verzweiflung überkam, erleichterte ich die Bedrückung meines Herzens durch Worte und Gestöhne, und herzzerreißende Seufzer. Aber die Natur wurde müde, und diese heftige Trauer machte einer leidenschaftlichen, aber stummen Flut von Tränen Platz. Meine ganze Seele schien sich in ihnen aufzulösen. Ich rang nicht meine Hände, oder zerriss mein Haar, oder stieß wilde Schreie aus, aber so, wie Boccacio die intensive und ruhige Trauer von Sigismunda über dem Herzen von Guiscardo beschreibt, saß ich da mit gefalteten Händen, während leise ein immerwährender Strom aus meinen Augen floss.[16] So groß war meine Erregung, dass ich nicht an die Ursache meiner Verzweiflung dachte, meine Gedanken sogar zu vielen nebensächlichen Dingen wanderten. Aber still, ohne dass ich ein Glied oder einen Gesichtszug bewegte, fielen meine Tränen, bis sie allmählich abklangen, als ob die Brunnen erschöpft wären, und ich zum Leben erwachte wie aus einem Traum.

Als ich aufgehört hatte zu weinen, kehrten Verstand und Gedächtnis zu mir zurück, und ich begann, mit größerer Ruhe darüber nachzudenken, was geschehen war, und was ich tun musste. Nur einige Stunden waren vergangen, aber für mich hatte sich eine grundlegende Umwälzung vollzogen. Was sonst ein natürliches Werk von Jahren war, war seit dem Morgen vollendet; mein Vater war wie tot für mich, und ich fühlte mich für einen Moment, als ob er mit weißen Haaren in seinen Sarg gelegt wurde, und ich, meine Jugend verschwunden durch das nahende Alter, weinte über sein zeitgemäßes Ableben. Aber so war es nicht, ich war noch jung. Oh! Viel zu jung, und er war nicht tot für andere; aber ich, Elendste, durfte ihn nie wieder sehen oder mit ihm sprechen. Ich muss vor ihm mit größerer Entschlossenheit als vor meinem größten Feind fliehen. In der Einsamkeit oder in Städten, ich durfte ihn nie wiedersehen. Diese Überlegungen machten mich atemlos vor Pein und prägten sich meiner

---

[16] Giovanni Boccaccio (1313-1375): *Il Decamerone* (1348-53); Anspielung auf die 1. Erzählung des 4. Tages, in der Ghismonda über einem goldenen Kelch weinte, der das Herz ihres Geliebten Guiscardo enthielt, den ihr Vater erschlagen hatte; der Name „Sigismunda" verweist aber auf die Version der Geschichte von John Dryden (1631-1700) in *Fables: Ancient and Modern* (1700). Mary Shelley las den *Decamerone* im Mai 1819 *(MWSJ,* Bd. I, S. 262-264).

Vorstellungskraft derart ein, dass ich eine Zeitlang außerstande war, irgendeinen vernünftigen Gedanken zu fassen. Nach diesem Ereignis, dachte ich, würde ich für immer in der eintönigsten Abgeschiedenheit leben. Ich würde mich auf den Kontinent zurückziehen und eine Nonne werden; nicht um der Religion willen, denn ich war keine Katholikin, aber damit ich für immer von der Welt ausgeschlossen sein möge. Ich würde dort die Einsamkeit finden, in der ich weinen könnte und die Stimmen des Lebens mich nie erreichen würden.

Aber mein Vater; mein geliebter und unglücklichster Vater? Würde er sterben? Würde er nie die heftige Leidenschaft überwinden, die ihn jetzt erbarmungslos beherrschte? Könnte er nicht in vielen, vielen Jahren, wenn das Alter die brennenden Empfindungen gelöscht hatte, die er jetzt durchlitt, könnte er dann nicht wieder ein Vater für mich sein? Diese Überlegungen glätteten meine Stirn und ich konnte fühlen (und ich weinte, um es zu fühlen), wie ein halb melancholisches Lächeln den Ausdruck des Leidens von meinen Lippen vertrieb. Ich wagte Hoffnung für mein zukünftiges Leben zu schöpfen. Jahre mussten vergehen, aber sie würde leicht vorübereilen, beflügelt durch Hoffnung, oder, wenn sie langsam vergingen, würden sie dennoch vergehen, und ich hätte meinen Vater nicht für immer verloren. Lass ihn weitere sechzehn Jahre mit trostloser Wanderung verbringen; lass ihn noch einmal seine wilden Klagen in den gewaltigen Wäldern und den ungeheuren Katarakten anderer Breiten erheben; lass ihn wieder furchtbare Gefahren und die Seele bedrückende Entbehrungen durchmachen; lass die heiße Sonne des Südens wieder auf seine leidenschaftlichen Wangen brennen, und den kalten Nachtregen auf ihn fallen und sein Blut abkühlen.

Diesem Leben, trauriger Vater, widme ich dich! Geh! Verbringe deine Tage mit den Wilden und deine Nächte unter dem Pluviale[17] des Himmels! Deine Glieder sollen erschöpft sein, dein Herz kühl, und alles Jugendliche tot in dir! Lass dein Haar weiß wie Schnee sein, dein Gang zitternd, und deine Stimme ihren milden Klang verloren haben! Lass den feuchten Glanz deiner Augen ausgelöscht sein; und dann kehre zurück zu mir, kehre zurück zu deiner Mathilda, deinem Kind, das sich dann in deine geliebten Arme schließen lassen kann, während dein Herz mit von Sünde freien Gefühlen schlägt. Geh, einzig Verehrter und kehre so zurück! Dies ist mein Fluch, der Fluch einer Tochter. Geh, und kehre rein zu deinem Kind zurück, die niemals irgendjemanden lieben wird, außer dir.

Dies waren meine Gedanken; und mit zitternden Händen bereitete ich mich vor, einen Brief an meinen unglücklichen Elternteil zu beginnen. Ich hatte jetzt viele Stunden in Tränen und trauriger Andacht verbracht; es war zwölf Uhr vorbei. Alles war friedlich im Haus, und die sanfte Luft, die sich durch mein Fenster hineinstahl, ließ die Blätter der rankenden Pflanzen nicht rascheln, die ihm Schatten spendeten. Ich fühlte die völlige Ruhe der Stunde, da mein eigener Atem und meine unwillkürlichen Schluchzer die einzigen Geräusche waren, die man hörte. Auf einmal hörte ich, wie Schritte behutsam die Stufen aufstiegen. Ich hielt atemlos inne, und, als sie sich näherten, glitt ich in eine düstere Ecke des Zimmers. Die Schritte verhielten an meiner Tür, aber nach einigen Momenten gingen sie wieder zurück, stiegen die Stufen hinab und ich hörte nichts mehr.

---

[17] Mlat.: „Regenmantel"; liturgisches Obergewand katholischer Priester.

Dieser kleine Vorfall ließ in mir die schmerzhaftesten Überlegungen aufsteigen; doch ich wagte noch nicht, meinen Gefühlen Ausdruck zu verleihen. Dass er unruhig sein würde, verstand ich; auch dass er wie ein ruheloser Geist herumlaufen und keine Ruhe finden würde vor der brennenden Hölle, die sein Herz verzehrte. Aber warum sich meiner Kammer nähern? War diese nicht heilig? Ich wäre fast in Ohnmacht gefallen, während er dort gestanden hatte, aber ich hatte meine Schlaflosigkeit nicht durch die leiseste Bewegung preisgegeben, obwohl ich mein Herz voller Furcht heftig schlagen gehört hatte. Er hatte sich zurückgezogen. Oh! Nie, nie darf ich ihn wiedersehen! Die morgige Nacht darf uns nicht unter demselben Dach sehen; er oder ich muss gehen. Die Verbindung unserer Schicksale ist zerrissen; wir müssen durch Meere - durch Kontinente getrennt sein. Sterne und Sonne dürfen nicht zur selben Zeit für uns aufgehen. Er soll nicht sagen dürfen, wenn er die aufgehende Sichel des Mond sieht: „Mathilda beobachtet jetzt ihren Untergang". Nein, alles muss anders sein. Licht soll bei ihm sein, wenn Dunkelheit bei mir ist! Lass ihn die Hitze des Sommers fühlen, während mich friert vom Schnee des Winters! Lass den Abstand der Antipoden zwischen uns sein!

Schließlich begann es im Osten hell zu werden, und das behagliche Licht des Morgens strömte in mein Zimmer. Ich war müde vom Wachen, und einige Zeit hatte ich mit dem schweren Schlaf gekämpft, der meine Augenlider niederdrückte. Aber jetzt, nicht länger ängstlich, warf ich mich auf mein Bett. Ich suchte nach Ruhe, obwohl ich nicht auf Vergessen hoffte. Ich wusste, dass ich von Träumen verfolgt werden würde, aber fürchtete nicht einen so schrecklichen, wie ich ihn dann wirklich hatte. Ich dachte, dass ich aufgestanden war und meinen Vater suchen ging, um ihn über meinen Entschluss, mich von ihm zu trennen, zu informieren. Ich suchte ihn im Haus, im Park und dann in den Feldern und Wäldern, aber ich konnte ihn nicht finden. Schließlich sah ich ihn in einiger Entfernung unter einem Baum sitzen. Als er mich sah, winkte er mehrmals mit der Hand und bedeutete mir, mich ihm zu nähern. Es war etwas Unheimliches in seiner Miene, das mich einschüchterte und frösteln ließ, aber ich trat näher. Als ich herangekommen war, sah ich, dass er tödlich blass war und fließende, weiße Gewänder trug. Plötzlich fuhr er auf und flüchtete vor mir; ich folgte ihm. Wir rannten über die Felder und entlang des Saumes der Wälder und der Ufer der Flüsse; er lief schnell, und ich folgte ihm. Wir kamen endlich, wie mir deuchte, zur Kuppe eines riesigen Kliffs, das über dem Meer hing, dessen Wasser, aufgewühlt von den Winden, tief unten gegen seinen Fuß schlugen. Ich hörte das Brüllen des Wassers. Er hielt weiter auf den Rand zu, und ich hielt den Atem an aus Furcht, er würde in den schrecklichen Abgrund hinabtauchen. Ich versuchte, schneller zu laufen, aber meine Knie versagten unter mir. Doch ich hatte ihn gerade erreicht, gerade erwischte ich ein Stück seiner fließenden Robe, als er hinuntersprang und ich mit einem heftigen Schrei erwachte.

Ich zitterte, und mein Kissen war nass von Tränen. Für einige Momente schlug mein Herz heftig, aber die hellen Strahlen der Sonne und das Zwitschern der Vögel stellten mich schnell wieder her, und ich erhob mich mit einem trägen Geist, doch ich fragte mich, welche Ereignisse der Tag wohl bringen würde. Einige Zeit verging, bevor ich den Mut dazu aufbrachte, die Klingel für meine Dienerin zu läuten, und, als sie kam, wagte ich immer noch nicht, den Namen meines Vaters zu äußern. Ich trug ihr auf, mir mein Frühstück auf mein Zimmer zu bringen, und sie ließ mich wieder allein;

doch noch konnte ich keine Entschluss fassen, sondern dachte nur, dass ich eine Nachricht an meinen Vater schreiben könnte, um seine Erlaubnis einzuholen, eine Verwandte zu besuchen, die etwa dreißig Meilen entfernt lebte, und die mich zuvor in ihr Haus eingeladen hatte. Das hatte ich zuvor abgelehnt, da ich meinen leidenden Vater nicht verlassen wollte. Als das Dienstmädchen zurückkam, gab sie mir einen Brief.

„Von wem ist dieser Brief?", fragte ich zitternd.

„Ihr Vater hinterließ ihn bei seinem Diener, Madame. Er sollte Ihnen ausgehändigt werden, sobald Sie sich erheben."

„Mein Vater hinterließ ihn! Wo ist er? Ist er nicht hier?"

„Nein; er verließ das Haus vor vier Uhr diesen Morgen."

„Guter Gott! Er ist fort! Aber sag, wie dies geschah; sprich rasch!"

Ihr Bericht war kurz. Er war in der Kutsche in die nächste Stadt gefahren, wo er eine Kalesche[18] und Pferde für die Straße nach London nahm. Er entließ seine Diener dort und sagte ihnen nur, dass er plötzlich in Geschäften fort müsse und dass sie mir als ihrer Herrin gehorchen sollten, bis zu seiner Rückkehr.

---

[18] Leichter vierrädriger Einspänner.

Kapitel VII

Mit klopfenden Herzen und ängstlich, ich wusste nicht warum, entließ ich das Dienstmädchen. Ich schloss meine Tür ab und setzte ich mich, um den Brief meines Vaters zu lesen. Dies sind die Worte, die er enthielt:

„Mein liebes Kind,

Ich habe dein Vertrauen missbraucht. Ich habe danach getrachtet, deinen Verstand zu verunreinigen, und habe dein unschuldiges Herz mit den Blicken und der Sprache einer unrechtmäßigen und monströsen Leidenschaft bekannt gemacht. Ich muss diese Verbrechen sühnen und dafür sorgen, dass meine Strafe in einem einigermaßen angemessenen Verhältnis zu meiner Schuld steht. Ich zweifle nicht, dass du vorbereitet bist auf das, was ich dir sagen will; wir müssen uns trennen für immer.

Ich raube dir deinen Elternteil und einzigen Freund. Du bist schutzlos ausgesetzt in dieser Welt. Deine Hoffnungen sind zersprengt; der Frieden und die Sicherheit deines reinen Verstandes sind zerstört. Die Erinnerung bringt dir schreckliche Bilder der Schuld und die Qualen unschuldiger Liebe, die betrogen wurde. Dennoch, ich, der dieses ganze Elend auf dich herabbeschworen hat; ich, der dich von mir stieß und unbarmherzig das Siegel von Misstrauen und Qual auf das Herz und die Stirn meines eigenen Kindes gesetzt habe, der mit teuflischer Leichtfertigkeit versucht hat, ihre Schönheit zu stehlen, um an ihre Stelle die üble Verunstaltung der Sünde zu setzen; ich flehe dich in der überlaufenden Qual meines Herzens an, mir zu verzeihen.

Ich erbitte nicht dein Mitleid. Du musst und sollst mich verabscheuen. Aber verzeih mir, Mathilda, und lass nicht deine Gedanken mit unnachgiebigem Zorn mich in meiner Verbannung verfolgen. Ich darf dich nie mehr erblicken; nie mehr deine Stimme hören; aber das sanfte Wispern deiner Vergebung wird mich erreichen, und das Brennen meines ungeordneten Gehirns und meines Herzens kühlen. Ich bin sicher, dass ich es sogar in meinem Grab fühlen werde. Und ich wage dieser Bitte Nachdruck zu verleihen, indem ich davon berichte, wie elend es mir ging, in dieses Netz von feurigen Qualen verstrickt zu sein, und all meine Kämpfe, mich daraus zu befreien. Wirklich, wenn deine Seele weniger rein und hell wäre, würde ich nicht versuchen, mich durch dich freisprechen zu lassen. Ich müsste fürchten, dass, wenn ich dich dazu bringe, mich mit weniger Abscheu zu betrachten, du das Laster weniger hassen könntest. Aber, wenn ich mich an dich wende, fühle ich mich, als ob ich einen engelhaften Richter anrufe. Ich kann nicht ohne deine Vergebung abreisen, ich muss versuchen, sie zu gewinnen, oder ich muss verzweifeln. Ich beschwöre dich deshalb, meine Worte anzuhören, und wenn Schuld durch heftige Qualen und Reue, die das Gehirn wie im Wahnsinn zerreißt, irgendwie gemildert werden kann, könntest du vielleicht denken, obwohl ich es nicht zu hoffen wage, dass ich ein Anrecht auf dein Mitleid habe.

Ich bitte dich daher, dir unser früheres, glückliches Leben an den Ufern von Loch Lomond in Erinnerung zu rufen. Ich war von einer müden Wanderung von sechzehn Jahren heimgekommen, während der, obwohl ich viel Gefahr und Unglück überstanden hatte, in meiner Gefühlswelt eine völlige Leere gewesen war. Wenn ich trauerte, war es wegen deiner Mutter; wenn ich liebte, war es dein Bild; dies waren die einzigen Gefühle, die mein Herz in der Stille füllten. Die menschlichen Wesen um mich herum erregten in mir kein Mitgefühl, und ich dachte, dass die starke Veränderung, die der Tod deiner Mutter in mir hervorgerufen hatte, mich gefühllos gemacht hatte für jede künftige Empfindung. Ich sah die Liebenden, und ich liebte nicht; ich dachte daher, dass alle Wärme in meinem Herzen gelöscht worden war außer der, die mich immer wieder dazu brachte, auf deinem damals kindlichen Abbild zu verweilen.

Es ist eine seltsame Fügung des Schicksals, dass ich dich, ohne dich je gesehen zu haben, leidenschaftlich liebte. Während meiner Fahrten schlief ich nie ein, ohne zuerst süße Träume auf dein Haupt herunterzurufen. Wenn ich eine schöne Frau sah, dachte ich, ähnelt meine Mathilda ihr? Alle reizende Dinge, erhabene Landschaften, sanfte Brisen, exquisite Musik erschienen mir mit dir verbunden, und nur durch dich angenehm für mich. Schließlich sah ich dich. Du erschienst wie die Gottheit eines schönen Landes, der wachende Engel eines Paradieses, in das du von allen aus der menschlichen Art nur mich einließest. Ich wagte kaum, dich als meine Tochter zu betrachten. Deine Schönheit, Arglosigkeit und natürliche Weisheit schienen einem Wesen höherer Ordnung zu gehören. Deine Stimme brachte nur Worte der Liebe hervor. Wenn es etwas Irdisches in dir gab, war es nur das, was an Schönheit auf der Welt gibt. Du schienst die Anmut eines Bergwindes, eines Wasserfalles und eines Sees zu haben; und dies war alles Irdische an dir, außer deiner Zuneigung. Es gab keinen Unrat, keine schlechten Gefühle in dieser Komposition. Du hast noch nicht genug von der Welt gesehen, um den enormen Unterschied zu kennen, der zwischen den Frauen existiert, die wir im täglichen Leben treffen, und einer Nymphe der Wälder wie dir, in deren Augen allein die Menschheit für Jahrhunderte studieren kann und dadurch klüger und reiner wird. Jene göttlichen Lichter schienen auf mich, wie es jene von Beatrice auf Dante taten, und ich mag wohl mit ihm sagen, doch mit welchen anderen Gefühlen:

E quasi mi perdei gli occhi chini.[19]

Kann es dich verwundern, Mathilda, das ich bei deinen Blicken, deinen Worten, deinen Bewegungen verweilte, und sie in mich aufnahm, in reiner Freude?

Aber ich fürchte, dass ich von meinem Ziel abweiche. Ich muss mich kürzer fassen, denn die Nacht vergeht geschwind, und meine Stunden in diesem Hause sind gezählt. Nun, wir zogen um nach London, und noch fühlte ich nur den Frieden sündenfreier Leidenschaft. Du warst immer bei mir, und ich wünschte nichts mehr, als auf dein Antlitz zu blicken und zu wissen, dass ich die ganze Welt für dich war. Ich schwelgte in einem närrischen Paradies von Genuss und Sicherheit. War meine Liebe schuldig? Wenn sie es war, habe ich es ignoriert. Ich wünschte mir nur das, was ich bereits besaß, und wenn ich deine Blicke und Worte und unschuldigsten Liebkosungen

---

[19] „Und fast verloren stand ich, [mit] gesenktem Blick" (Mary Shelley lässt *con* vor *gli* weg). Dante, Göttliche Komödie, *Das Paradies* (Paradiso), 4. Gesang, Vers 142. Mary Shelley spielt darauf an, wie überwältigt Dante von der göttlichen Liebe ist, die aus den Augen von Beatrice hervorstrahlt.

genoss, war das ein Entzücken, dass normalerweise von den Gefühlen eines Elternteils gegenüber seinem Kind ausgeschlossen ist; doch kein Unbehagen, kein Wunsch, kein beiläufiger Gedanke weckten in mir einen Sinn für Schuld. Ich liebte dich so, wie ein menschlicher Vater eine ihm von einer himmlischen Mutter geborene Tochter lieben sollte; wie Anchises das Kind der Venus hätte betrachten können, wenn es anderen Geschlechts gewesen wäre; Liebe, vermischt mit Achtung und Anbetung.[20] Vielleicht wurde meine Leidenschaft auch durch die tiefe und ausschließliche Zuneigung gezügelt, die du mir entgegenbrachtest.

Aber als ich sah, wie du das Objekt der Liebe eines anderen wurdest; wenn ich mir vorstellte, dass du anders geliebt werden könntest, denn als eine Art heiliges Abbild von Schönheit und Vorzüglichkeit; oder dass du einen anderen mit einer glühenderen Zuneigung lieben könntest als mich, da erwachte der Unmensch in mir. Ich vertrieb deinen Geliebten; und von diesem Moment an kannte ich keinen Frieden mehr. Ich habe vergeblich nach Schlaf und Ruhe gesucht; meine Lider weigerten sich, sich zu schließen, und mein Blut war für immer in Aufruhr. Ich erwachte zu einem neuen Leben wie jemand, der in der Hoffnung stirbt, er möge in der Hölle erwachen. Ich werde deine Vorstellungskraft nicht besudeln durch die Aufzählung meiner Kämpfe, meines Ärgers auf mich selbst, und meiner Verzweiflung. Lass uns einen Schleier über die unvorstellbaren Gefühle eines schuldigen Vaters legen; die Geheimnisse, die ein Herz so gequält haben, sollten nicht ans Licht gezerrt werden. Alles war Aufruhr, Verbrechen, Reue und Hass, doch auch immer noch die

---

[20] Anchises, ein trojanischer Prinz, war der Geliebte der Venus, die ihm einen Sohn gebar: Aeneas, der mythische Gründer Roms.

zarteste Liebe, und das erste, was in mir den festen Vorsatz weckte, meine Leidenschaft zu besiegen und meinem Kind den Vater wiederzugeben, war der Anblick deiner schmerzlichen und mitfühlenden Trauer. Sie war es, die mich hierher führte. Ich dachte, wenn ich in meinem Herzen wieder den Kummer erwachen lassen könnte, den ich beim Verlust deiner Mutter gefühlt hatte, und die vielen Erinnerungen an sie, die für siebzehn Jahre geschlafen hatten, würde dies alles Verlangen nach ihrem Kind auslöschen. In einem Anfall von Heldenmut entschied ich mich, allein zu gehen; um dich zu verlassen, Liebe meines Lebens, und dich nicht wieder zu sehen, bis ich wieder ohne Schuld sein würde. Aber es sollte nicht sein. Ich schätzte meine Stärke zu hoch oder mein Verlangen zu gering ein. Ich wäre sicher gestorben, wärest du nicht zu mir geeilt. Wäre ich damals nur wirklich ausgelöscht worden!

Und jetzt, Mathilda, muss ich dir mein letztes Geständnis machen. Ich habe mich elendig geirrt, als ich dachte, dass ich meine Liebe zu dir besiegen könnte; ich kann es niemals. Der Anblick dieses Hauses, dieser Felder und Wälder, die meine erste Liebe bewohnte, scheint sie nur noch wachsen zu lassen. In meinem Wahnsinn wagte ich zu mir sagen: Diana war gestorben, um sie zu gebären; der Geist ihrer Mutter wurde in ihre Gestalt übertragen, und sie sollte für mich dasselbe sein wie Diana. Mit jeder Anstrengung, sie abzuwerfen, haftete diese Liebe stärker, diese schuldige Liebe, unnatürlicher als Hass, die deine Hoffnungen verdorren lässt und mich zerstört für immer, doch

Besser verzweifelt geliebt, und sie wenigstens geküsst zu haben.[21]

Weder Raum noch Zeit können aus meiner Seele reißen, was Teil von ihr ist. Seit meiner Ankunft hier habe ich nicht einen Moment aufgehört, die Hölle der Leidenschaft zu fühlen, die in mich eingepflanzt wurde, um dort zu brennen, bis alles kalt, steif und tot ist. Doch ich sterbe nicht. Ach! Wie kann ich es wagen, dorthin zu gehen, wo ich Diana treffen kann, wenn ich ihre letzte Bitte missachtet habe? Mit ihren letzten Worten, mit schwacher Stimme geflüstert, wenn alle Gefühle, außer der Liebe, die alle anderen Dinge überlebt, tot sind, gebot sie mir, ihr Kind glücklich zu machen. Dieser Gedanke allein gibt dem Tod einen doppelten Stachel. Ich laufe von dir fort, fort von allem Leben. In der Einsamkeit, die ich suchen werde, werde ich als einziger der menschlichen Art die Luft atmen. Ich muss es dulden, zu leben; und da es nun mal meine Pflicht ist, werde ich es tun, bis mich das Grab, gefürchtet, doch ersehnt, empfängt und vom Schmerz befreit. Denn solange ich fühle, wird es Schmerz sein, was die Summe meiner Empfindungen ausmachen wird. Ist es nicht ein furchtbarer Fluch, dem ich mich hingebe? Sehe ich nicht in eine erbärmliche Zukunft? Mein Kind, wenn es mir nach diesem Leben erlaubt wird, dich wieder zu sehen, wenn Schmerz das Herz reinigen kann, wird meines rein sein; wenn Reue Schuld sühnen kann, werde ich schuldlos sein.

Ich bin an der Tür deiner Kammer gewesen; alles war still. Du schläfst. Schläfst du wirklich, Mathilda? Ihr guten Geister, erblickt die Tränen meines ernsthaften Gebets! Segnet mein

---

[21] „Better have loved despair, and safer kissed her." Zitat nicht identifiziert.

Kind! Schützt es vor den Eigennützigen unter seinen Mitgeschöpfen. Schützt es vor den Qualen der Leidenschaft und der Verzweiflung der Enttäuschung!

Frieden, Hoffnung und Liebe seien deine Wächter, oh, du Seele meiner Seele, du, die du in jedem meiner Atemzüge bist!

Ich wage meinen Brief nicht zu überlesen, denn ich habe keine Zeit, einen anderen zu schreiben, und ich fürchte, dass einige Ausdrücke darin mir missfallen könnten. Seit ich dich zuletzt sah, bin ich ständig damit beschäftigt gewesen, Briefe zu schreiben, und habe noch einiges mehr zu schreiben; denn es soll niemand irgendetwas wieder von mir hören, nachdem ich abgereist bin. Ich muss dich nicht beschwören, auf mich zu schauen wie auf einen Fremden; alle Verbindungen, die einmal zwischen uns existierten, sind zerbrochen. Ich bin überzeugt, dein eigenes Feingefühl wird dir nicht erlauben, zu versuchen, mir zu folgen. Es ist viel besser für deinen Frieden, dass du meinen Zielort nicht kennst. Folge mir nicht, denn wenn ich mich selbst verbanne, würdest du nicht Schuld auf dich laden, wenn du dich mir aufdrängst? Ich weiß, du wirst es nicht tun. Du musst mich und das ganze Übel vergessen, das ich dir bereitet habe. Wirf das einzige Geschenk weg, dass ich dir gegeben habe, deinen Kummer, und wachse, von meinem verderbenden Einfluss befreit, wie keine Blume jemals so süß erwuchs aus so viel Übel.

Du wirst nie wieder von mir hören. Empfange diese Worte als die letzten von mir, die dich jemals erreichen werden; und obwohl ich deine kindliche Liebe verloren habe, betrachte sie dennoch, ich beschwöre dich, als eines Vaters Anordnungen. Schüttele resolut das Elend ab, das dieses erste Unglück in deinem jungen Leben in dir ausgelöst haben muss. Ertrage kühn den Sturm. Bleibe weise und sanft, aber glaube mir, deine Pflicht ist es, glücklich zu sein. Du bist sehr jung; halte wegen dieser Prüfung nicht mehr als ein Moment auf deinem ruhmreichen Weg inne; gib nicht auf, meine Teure. Die Sonne der Jugend ist für dich nicht untergegangen; sie wird Kraft und Leben in dir wiederbeleben; sträube dich nicht mit starrsinnigem Kummer gegen ihren wohltätigen Einfluss, oh, mein Kind! Segne mich durch die Hoffnung, dass ich dich nicht völlig zerstört habe.

Lebe wohl, Mathilda. Ich gehe mit der Überzeugung, dass du mir vergeben wirst. Deine sanfte Natur würde es dir nicht erlauben, deinen größten Feind zu hassen, und obwohl ich genau das bin, obwohl ich das Glück deinen Händen entrissen habe, obwohl ich über deine jungen Liebe und deine Hoffnungen wie der Engel der Zerstörung gegangen bin, Schönheit und Freude vorgefunden und Pesthauch und Verzweifelung zurückgelassen habe, dennoch wirst du mir vergeben, und mit Tränen überströmten Augen danke ich dir. Meine über alles geliebte, ich nehme deine Vergebung an mit einer Dankbarkeit, die niemals sterben, und die Schuld und Reue überleben wird.

Lebe wohl für immer!"

In dem Moment, als ich den Brief zuende gelesen hatte, bestellte ich die Kutsche, um meinem Vater zu folgen. Die Worte seines Briefes, mit denen er mir diesen Schritt auszureden versucht hatte, waren jene, die mich dazu bewegten. Warum schrieb er sie? Er musste doch wissen, wenn ich glaubte, dass er lediglich beabsichtigte, sich von mir zurückzuziehen, dass, statt dagegen zu sein, es genau das wäre, was ich selbst verlangen würde. Oder, wenn er dachte, dass irgendein heimliches Gefühl, doch er konnte nicht ernsthaft an so etwas denken, mich zu ihm führen würde,

würde er nicht die einzige Hoffnung zu Fall bringen, die er haben konnte, mich jemals wieder zu sehen. Ein Liebender, es war Wahnsinn, das zu denken, doch er war mein Geliebter, würde nicht auf diese Art handeln. Nein, er hatte beschlossen zu sterben, und wollte mich von dem Leid verschonen, darum zu wissen. Die wenigen belanglosen Worte, die er geschrieben hatte, um seine Pflicht zu erfüllen, waren für mich ein weiterer Beweis. Und je mehr ich den Brief studierte, umso mehr bemerkte ich tausend Andeutungen, die nur eines bedeuten konnten, dass das Leben jetzt für ihn vorbei war. Er war im Begriff zu sterben! Das Blut gefror mir bei dem Gedanken. Ein Ekel erregendes Gefühl des Entsetzens kam über mich, das keine Tränen zuließ. Als ich auf die Kutsche wartete, ging ich mit schnellen Schritten auf und ab. Dann kniete ich nieder und versuchte mit leidenschaftlich gefalteten Händen zu beten, aber meine Stimme wurde von konvulsiven Schluchzern erdrosselt. Oh! Die Sonne schien, die Luft war sanft. Er musste noch leben, denn wenn er tot wäre, alles wäre bestimmt schwarz wie die Nacht für mich!

Die Bewegungen der Kutsche, in dem Wissen, dass sie mich zu ihm trug, und dass ich ihn vielleicht lebend finden würde, ließen meinen Mut wieder ein wenig aufleben. Doch ich hatte eine schreckliche Fahrt. Nur die Hoffnung hielt mich aufrecht, die Hoffnung, dass ich nicht zu spät kommen würde. Ich weinte nicht, aber ich wischte den Schweiß von meiner Stirn und versuchte mein Gehirn zu beruhigen, mein Herz schlug fast bis zum Wahnsinn. Oh! Ich darf nicht böse sein, wenn ich ihn sehe; oder vielleicht doch, die Ablenkung durch mich könnte ihn beruhigen und ihn am Leben festhalten lassen. Doch bis ich ihn gefunden hatte, musste ich mich zwingen, auf meinem Sitz zu bleiben. Ich presste meine Hände schwer gegen meine Stirn. Oh, verlass mich nicht; oder ich werde vergessen, wo ich bin. Statt weiterzufahren mit der Geschwindigkeit des Blitzes werden sie sich um mich kümmern, und wir werden zu spät kommen. Oh! Gott helfe mir! Lass ihn lebendig sein! Es ist alles dunkel. In meinem erbärmlichen Elend verlange ich nichts mehr; keine Hoffnung, nichts Gutes; nur Leidenschaft und Schuld und Grauen; aber lebendig! Lebendig! Meine Gefühle erdrosselten mich. Keine Tränen fielen, doch ich schluchzte und atmete kurz und schwer. Nur ein Gedanke erfüllte mich, und ich konnte nur ein Wort äußern, das halb ausgesprochen ständig auf meinen Lippen schwebte: Lebendig! Lebendig!

Ich hatte den Haushofmeister mit mir genommen, denn er konnte viel besser als ich die erforderlichen Anfragen machen. Der arme alte Mann konnte seine Tränen nicht zurückhalten, als er meine tiefe Verzweiflung sah und um den Grund wusste; er äußerte ab und zu einige gebrochene Worte des Trostes. In Momenten wie diesen werden Herrin und Diener auf gewisse Weise Gleichgestellte, und als ich seine alten trüben Augen sah, nass von mitfühlenden Tränen, sein graues Haar, dünn verteilt auf seiner alterszerknitterten Stirn, dachte ich, oh, wenn mein Vater wäre wie er, hinfällig und weißhaarig, dann wäre ich von diesem Schmerz verschont worden.

Als ich in der nächsten Stadt angekommen war, nahm ich Postpferde und folgte der Straße, die mein Vater genommen hatte. In jedem Gasthaus, an dem wir die Pferde wechselten, hörten wir von ihm, und ich schwankte zwischen Hoffnung und Furcht. Schließlich stellte ich fest, dass er einen anderen Weg eingeschlagen hatte; zuerst war er der Londoner Straße gefolgt; aber jetzt hatte er die Richtung geändert und auf Nachfrage stellte ich fest, dass der Weg, den er jetzt nahm, *in*

Richtung des Meeres führte. Mein Traum fiel mir wieder ein. Ich war normalerweise nicht abergläubisch, aber im Elend ist das jeder. Das Meer war fünfzig Meilen entfernt, doch dorthin flüchtete er. Der Gedanke war schrecklich für meinen halb verrückten Verstand und raubte mir fast den Rest an Selbstbewusstsein, der mir noch geblieben war. Ich reiste den ganzen Tag. Mit jedem Moment wuchs mein Elend, und das Fieber in meinem Blut wurde unerträglich. Die sommerliche Sonne schien in einem wolkenlosen Himmel; die Luft war klar, aber alles erschien mir kalt, außer meiner eigenen glühenden Haut. Gegen Abend stiegen dunkle Gewitterwolken über den Horizont, und ich hörte ihr entferntes Grollen. Nach Sonnenuntergang verdunkelten sie den ganzen Himmel, und es begann zu regnen. Blitze erleuchteten das ganze Land, und der Donner ertränkte den Lärm unserer Kutsche. Am nächsten Gasthaus hatte mein Vater keine Pferde genommen; er hatte dort eine Kiste zurückgelassen, gesagt, dass er zurückkehren würde, und war über die Felder nach ——— gegangen, eine Küstenstadt, acht Meilen entfernt.

Für einen Moment war ich fast gelähmt vor Furcht; aber das Leben kehrte in mich zurück und ich fragte nach einem Führer, der mich begleiten sollte, während ich seinen Schritten folgte. Die Nacht war stürmisch, aber meine Bestechung war hoch, und ich konnte mir leicht einen Landmann besorgen. Wir durchstreiften viele Gassen und Felder und verwilderte Hügel; der Regen strömte in Sturzbächen herab, und lauter Donner entlud sich in schrecklichem Krachen über unseren Köpfen. Oh! Was für eine Nacht! Und ich ging weiter mit schnellen Schritten durch das hohe, feuchte Gras inmitten von Regen und Sturm. Ich dachte immer an meinen Traum, und halb im Wahn, der oft von einem verzweifelten Verstand Besitz ergreift, sagte ich laut: „Mut! Wir sind dem Meer nicht nahe; wir sind noch etliche Meilen vom Ozean entfernt." Doch das Meer lag in unserer Richtung, und das erhöhte die Verwirrung meiner Gedanken. Einmal sank ich, bezwungen von der Erschöpfung, auf die nasse Erde. Etwa zweihundert Yards entfernt, einsam auf einer großen Wiese, stand eine prächtige Eiche. Die Blitze enthüllten ihre vom Sturm gepeitschten unzähligen Äste. Eine seltsamer Gedanke ergriff mich. Ein Mensch müsste all die Qualen des Zweifels über Leben oder Tod eines anderen, der einem alles bedeutet, gefühlt haben, bevor er meine Gefühle erfassen könnte. Denn in diesem Zustand arbeitet der Verstand losgelöst vom Willen, stellt fremde und phantasievolle Verbindungen mit äußeren Umständen und Verflechtungen her, sieht in den Zufällen und Veränderungen der Natur eine unmittelbare Verbindung mit dem Ereignis, das er fürchtet. Es war aus diesem Gefühl heraus, dass ich mich dem alten Haushofmeister zuwandte, der blass und zitternd neben mir stand: „Schau, Gaspar, wenn der nächste Blitz diese Eiche nicht zerreißt, wird mein Vater lebendig sein."

Ich hatte diese Worte kaum geäußert, als ein Blitz auf sie hinunterging, sofort gefolgt von einem ungeheuren Donnerschlag; und als meine Augen ihr Sehvermögen nach dem blendenden Licht wiedererlangten, stand die Eiche nicht mehr auf der Wiese. Der alte Mann stieß einen wilden Schrei des Entsetzens aus, als er so plötzlich eine Deutung meiner Prophezeiung gegeben sah. Ich fuhr auf, meine Stärke kehrte zurück, zusammen mit meinem Schrecken. Ich schrie: „Oh, Gott! Ist dies Dein Beschluss? Dennoch werde ich vielleicht zu nicht spät kommen."

Obwohl noch einige Meilen entfernt, näherten wir uns weiter dem Meer. Wir kamen endlich zu der Straße, die nach ———— führte, und an einem Gasthaus dort hörten wir, dass mein Vater kurz vor Sonnenuntergang vorbeigegangen war. Er hatte den sich nähernden Sturm beobachtet und ein Pferd gemietet, um rechtzeitig in die nächste Stadt zu kommen, die eine Meile vom Meer entfernt lag, bevor das Unwetter beginnen würde. Diese Stadt war fünf Meilen entfernt. Wir mieteten hier einen Einspänner und fuhren mit vier Pferden schnell durch den Sturm. Meine Kleidungsstücke waren nass und hingen an mir herab, und mein Haar lag in schweren Locken um meinen Nacken, wenn es nicht vom Wind beiseite geblasen wurde. Ich zitterte, doch mein Puls schlug schnell vor Fieber. Großer Gott! Welche Qualen musste ich erduldete. Ich vergoss keine Tränen, aber meine Augen, wild und entflammt, traten fast aus meinem Kopf. Ich konnte kaum das Gewicht ertragen, das auf mein Gehirn drückte. Wir kamen nach etwas mehr als einer halben Stunde in ———— an. Als mein Vater angekommen war, hatte der Sturm schon begonnen, aber er hatte sich geweigert zu bleiben. Er ließ sein Pferd dort zurück und ging weiter - *in Richtung des Meeres.* Ach! Es war doppelt grausam von ihm, das Meer für seinen tödlichen Vorsatz gewählt zu haben. Zu meiner Verzweiflung gesellte sich Wahnsinn.

Der arme alte Diener, der bei mir war, wollte mich dazu zu überreden, hier zu bleiben, und ihn allein gehen zu lassen. Ich schüttelte stumm und traurig den Kopf. Fast zu Tod krank, stützte ich mich auf seinen Arm, und da dort keine Straße für einen Einspänner war, schleppte ich mich mit müden Schritten durch die trostlosen Hügel, um meinem Schicksal zu begegnen, das jetzt zu sicher war für die Qualen des Zweifels. Einer Ohnmacht nahe näherte ich mich langsam den tödlichen

Wassern; als wir die Stadt verlassen hatten, hörten wir ihr Brüllen. Ich flüsterte mit murmelnde Stimme: „Das Geräusch ist das gleiche wie das, das ich in meinem Traum hörte. Es ist das Grabgeläut meines Vaters, das ich höre."

Der Regen hatte aufgehört; es gab keine weiteren Donner und Blitze mehr; der Wind hatte sich gelegt. Mein Herz schlug nicht mehr wild. Ich fühlte kein Fieber mehr, aber ich fror. Meine Knie sanken fast unter mir. Ich schlief fast, während ich mit einem Übermaß an Erschöpfung weiterging; jedes meiner Glieder zitterte. Ich war still. Alles war still, außer dem Brüllen des Meeres, das lauter und schrecklicher wurde. Doch wir kamen nur langsam voran. Manchmal dachte ich, dass wir nie ankommen würden; dass der Klang der Wellen uns weiterlocken würde, und dass wir immer und immer weitergehen würden. Feld würde auf Feld folgen, nie würde unsere müde Reise aufhören, weder Tag noch Nacht. Aber noch hörten wir das Rauschen des Meeres, und all dies war noch nicht zu Ende. Wild und jenseits der Vorstellungskraft der Glücklichen sind die Gedanken, die aus Elend und Verzweiflung geboren werden.

Schließlich erreichten wir den überhängenden Strand. Ein Häuschen stand neben dem Pfad. Wir klopften an die Tür, und sie wurde geöffnet. Das Bett drinnen fing sofort meinen Blick ein. Etwas Steifes und Gerades lag darauf, bedeckt von einem Tuch. Die Cottage-Bewohner sahen bestürzt aus. Ihre ersten Worte bestätigten, was ich schon wusste. Ich fühlte mich nicht erschüttert oder überwältigt. Ich glaube, dass ich eine oder zwei Fragen stellte und die Antworten anhörte. Ich weiß es kaum, aber nach einigen Momenten sank ich leblos zu Boden; und so hatte denn alles ein Ende!

Kapitel VIII

Ich wurde in die nächste Stadt getragen. Fieber folgte auf Krämpfe und Ohnmacht, und für einige Wochen schwebte mein unglücklicher Geist an der Schwelle des Todes. Aber das Leben war noch stark in mir. Ich erholte mich. Es half meiner zurückkehrenden Gesundheit etwas, dass meine Erinnerungen zunächst vage waren, und dass ich zu schwach war, um irgendwelche heftigen Regungen zu fühlen. Ich sagte oft zu mir, mein Vater ist tot. Er liebte mich mit einer schuldigen Leidenschaft und, getrieben von Reue und Verzweiflung, brachte er sich um. Warum ist es so, dass ich kein Entsetzen fühle? Sind die Umstände nicht schrecklich genug? Ist es nicht genug, dass ich nie mehr in die Augen meines teuren Vaters sehen werde? Nie mehr seine Stimme hören; keine Liebkosung, kein Blick? Alles kalt, steif und tot! Ach! Ich bin ganz gefühllos. Die Nacht, in der ich draußen war, war furchtbar, und der kalte Regen, der auf mein Herz fiel, wirkte wie das Wasser der Höhlen von Antiparos[22] und hat es in Stein verwandelt. Ich weine oder seufze nicht; aber ich muss mich zusammennehmen und mich zwingen, Trauer

---

[22] Eine griechische Insel an der Westküste von Paros, die für ihre Tropfsteinhöhlen berühmt ist.

und Verzweiflung zu fühlen. Es ist keine Resignation, die ich fühle, denn ich bin tot für alles Bedauern.

Ich sprach auf diese Weise zu mir selbst, aber ich war still zu allen anderen um mich herum. Ich antwortete kaum auf die einfachste Frage und mir war unbehaglich, wenn ich ein menschliches Geschöpf in meiner Nähe sah. Ich war von meinen weiblichen Verwandten umgeben, aber sie alle waren beinahe Fremde für mich. Ich hörte ihren Tröstungen nicht zu; und so wenig gelang ihnen ihre beabsichtigte Wirkung, dass sie in einer unbekannten Zunge zu mir gesprochen zu haben schienen. Ich dachte, wenn die Trauer in mir tot war, so waren es auch die Liebe und das Verlangen nach Mitgefühl. Doch die Trauer schlief nur, um umso heftiger wieder aufzuleben, aber die Liebe erwachte nie wieder; nur ihr Geist, für immer über dem Grab meines Vaters schwebend, überlebte. Seit seinem Tod war die ganze Welt leer für mich, außer dort, wo das Leid mir seine brennenden Worte eingedrückt hatte und mich aufforderte, nie mehr zu lächeln. Die Lebenden waren keine passenden Begleiter für mich, und ich überlegte immer wieder, wie ich sie alle abschütteln könnte, um nie wieder von ihnen zu hören.

Meine Genesung schritt rasch voran, doch war dies der Gedanke, der mich umtrieb, und ich machte immer wieder Pläne, wie ich es späterhin anstellen könnte, den Qualen zu entkommen, die auf mich warteten, wenn ich mich unter die Gesellschaft mischen würde, und jene Einsamkeit zu finden, die allein jemanden anstehen konnte, den ein unsagbarer Kummer von seinen Mitgeschöpfen trennte. Wer kann einsamer sein, sogar in einer Menge, als jemand, dessen Geschichte, und die niemals endenden Gefühle und Erinnerungen, die aus ihr erwachsen, keiner lebenden Seele bekannt sind. Es lag ein zu tiefes Entsetzen in meiner

Geschichte, um sie jemanden anzuvertrauen. Ich war auf der Erde der einzige Verwahrungsort meines Geheimnisses. Ich könnte es den Winden und der öden Heide sagen, aber ich durfte nie unter meinen Mitgeschöpfen, weder durch ein Wort noch durch einen Blick, der leisesten Vermutung der schrecklichen Wirklichkeit Vorschub leisten. Ich musste vor den Augen der Menschen zurückschrecken, damit sie nicht die Schuld meines Vaters in meinen leblosen Augen lasen. Ich musste still sein, damit meine stockende Stimme nicht unvorstellbare Schrecken verriet. Über dem tiefen Grab meines Geheimnisses musste ich einen undurchdringlichen Hügel von falschen Lächeln und Worten anhäufen. Verschlagener Betrug, trügerisches Gelächter und eine Mischung aus allerlei Täuschungen würden einen Nebel bilden, der andere blenden und für mich wie der giftige Simoon[23] sein würde. Ich, der Spross der Liebe, das Kind der Wälder und der hellen Natur selbst, sollte dies vollbringen? Ich konnte es nicht.

Wie konnte ich entkommen? Ich war reich und jung, und ein Vormund war für mich ernannt worden; und alles würde für mich so getan werden, als ob ich jemand aus ihrer großen Gesellschaft wäre, während ich das Geheimnis bewahren musste, durch das ich für immer von ihnen getrennt war. Wenn ich floh, würde ich verfolgt werden. Im Leben gab es keine Flucht für mich; darum musste ich sterben. Ich schauderte. Ich wagte nicht zu sterben, obwohl das kalte Grab alles enthielt, was ich liebte, obwohl ich sagen könnte, mit Hiob:

Worauf soll ich denn hoffen? Und wer sieht noch Hoffnung für mich?

---

[23] Ein heißer, trockener, erstickender Wüstenwind in Nordafrika und Vorderasien.

Hinunter zu den Toten wird sie fahren, wenn alle miteinander im Staub liegen.[24]

Ja, meine Hoffnungen waren Verfall und Staub und alles, was uns den Tod bringt. Oder nach dem Leben - nein, nein, ich will mich nicht dazu überreden zu sterben, ich kann es nicht, wage es nicht. Und dann weinte ich. Ja, warme Tränen kämpften sich noch einmal in meine Augen, lindernd, doch bitter. Und nachdem ich viel geweint hatte und mit vergeblicher Qual und ausgestreckten Armen nach meinem grausamen Vater rief; nachdem meine schwache Gestalt von all den Klagen erschöpft war, versenkte ich mich noch einmal in Träume, und noch einmal dachte ich darüber nach, wie ich das finden könnte, was ich am meisten wünschte; was mir teuer war, wenn mir irgendetwas teuer war, eine todesgleiche Einsamkeit.

Ich wagte nicht zu sterben, aber ich könnte meinen Tod vortäuschen und auf diese Art meinen Tröstern entfliehen. Sie werden mich mit meinem Vater verbunden glauben, und ich werde es in der Tat sein. Denn erst wenn ich allein bin, wenn keine Stimme meinen Traum stören kann, und kein kaltes Auge das meine trifft, um sein Feuer zu prüfen, erst dann ich kann mit seinem Geist Verbindung aufnehmen; auf einer einsamen Heide, am Mittag oder um Mitternacht, immer noch könnte ich ihm nahe sein. Seine letzte Weisung an mich war, dass ich glücklich sein sollte; vielleicht meinte er nicht das schattenhafte Glück, dass ich mir erhoffte, doch es war das einzige, von dem ich kosten konnte. Er konnte sich nicht vorstellen, dass ich nie wieder einer der fröhlichen Jäger sein konnte, die nach Seifenblasen jagen, die zu Nichts zerplatzen,

---

[24] AT, Hiob, 17, 15-16.

wenn man sie erwischt, und dann einer neuen, mit schöneren Farben, hinterherhetzen; meine Hoffnung hatte sich auch als eine Seifenblase erwiesen, aber sie war so schön gewesen, so prachtvoll, dass ich danach keine mehr sah, die mich ansprechen konnte; außerdem war ich der Jagd müde, fast sterbensmüde.

Ich würde meinen Tod vortäuschen. Meine zufriedenen Erben würden sich auf meinen Reichtum stürzen, und ich würde mir die Freiheit erkaufen. Aber dann musste ich meinen Plan mit Geschick durchführen. Ich wollte nicht mittellos zurückbleiben, ich musste mir etwas Geld sichern. Ach! Zu welch abscheulicher List musste ich greifen? Doch ein ganzes Leben der Unwahrheit stünde mir sonst bevor; und wenn mich die Reue darüber, die Erfinderin eines Betruges zu sein, von meinem Plan zurückschrecken ließ, wurde ich unwiderstehlich zurückgeführt und in ihm bestärkt durch den Besuch einer Tante oder eines Vetters, die mir sagten, dass der Tod das Los aller Menschen sei. Um dann zu sagen, dass mein Vater bestimmt seinen Verstand schon seit dem Tod meiner Mutter verloren hatte; dass er verrückt gewesen sei und dass ich Glück gehabt hätte, denn in einem seiner Anfälle hätte er mich töten können, statt sein eigenes wahnsinniges Wesen zu zerstören. Und alles dies wurde, seien Sie versichert, feinfühlig vorgetragen; nicht in groben Worten, denn meine Gefühle könnten verletzt werden, aber

Geflüstert hier und da
In dunkler Andeutung, sanft und leise,[25]

---

[25] „Whispered so and so / In dark hint, soft and low." Gedicht *Fire, Famine and Slaughter: A War Eclogue* (1797), Vers 17-18 (abgewandelt); in: *The Collected*

mit niedergeschlagenen Augen und einem mitfühlenden Lächeln oder Seufzer. Und ich hörte mit ruhiger Miene zu, während jeder Nerv an mir zitterte, wagte nicht, ja oder nein zu sagen zu all dieser Blasphemie. Oh, war das ein herrliches Leben, als ich noch ganz frei war von Arglist! Ich, die ich nun mit dem Blick einer Taube und dem Herzen eines Fuchses ausgestattet war; denn ich fühlte nur die Erniedrigung der Unwahrheit und nicht irgendein heiliges Gefühl von bewusster Unschuld, die sie wieder wettmachen könnte. Ich, die ich mich zuvor in das strahlende Gewand der Aufrichtigkeit gekleidet hatte, musste mir jetzt eines von anderer Farbe leihen. Es mochte zunächst schlecht sitzen, aber sein Gebrauch würde es mir ermöglichen, es in elegante Falten voller Grazie zu legen. Gewiss, ich könnte meine Seele mit Unwahrheit einfärben, bis ich ihre natürliche Farbe völlig verdeckt habe. Oh, teurer Vater! Akzeptiere das reine Herz deiner unglücklichen Tochter; erlaube mir, mich dir anzuschließen, unbefleckt wie ich war, oder du wirst mein verändertes Äußeres nicht erkennen. Wie das Leid Constance[26] verändert haben mag, so würde dieser Betrug mich verändern, bis du im Himmel sagen würdest: „Dies ist nicht mein Kind." Mein Vater, damit wir beide glücklich sind, jetzt und wenn wir wieder zusammentreffen, muss ich vor diesem ganzen Leben fliehen, das nur Spott für jemanden wie

---

Works of Samuel Taylor Coleridge, Vol. 16: Poetical Works, Poems (Reading Text) Part I, ed. by J.C.C. Mays, Princeton NJ 2001; S. 428.

[26] Anspielung auf die Klage von Constance über die Gefangennahme ihres Sohnes, des Prinzen Arthur, in Shakespeares *Leben und Tod des Königs Johann* (*The Tragedy of King John*); 3. Akt, 1. und 4. Szene.

mich ist. Nur in der Einsamkeit werde ich zu mir selbst finden; in der Einsamkeit werde ich dein sein.

Ach! Sogar jetzt blicke ich mit Abscheu auf meine Arglist und Findigkeit zurück, mit der ich nach vielen schmerzhaften Kämpfen meinen Rückzug bewirkte. Ich könnte ausführlich davon erzählen, mit welchen Mitteln ich mir zunächst einen geringen Unterhalt für den Rest meines Lebens sicherte, und danach dafür sorgte, dass man von meinem Tod überzeugt war. Ich könnte, aber ich werde es nicht. Ich werde sogar jetzt noch rot wegen der Unwahrheiten, die ich äußerte; mein Herz wird davon krank. Ich verlasse diese Verwicklungen, die ich hoffentlich als eine Art unschuldige Täuschung bezeichnen kann, und überlasse es dem Leser, sich etwas darunter vorzustellen. Die Erinnerung sucht mich wie ein Verbrechen heim. Ich weiß, wenn ich versuchen würde, über sie zu berichten, würde meine Geschichte schließlich unvollendet bleiben. Ich wurde nach London gebracht und hatte für einige Wochen kalte Blicke, kalte Worte und noch kälteren Trost zu ertragen; aber ich entkam. Sie versuchten, mich mit Fesseln zu binden, die sie für seiden hielten, doch die auf mir wie Eisen lasteten, obwohl ich sie dann leichter zerriss, als ein Band aus einem einzelnen Strohhalm, und in die Freiheit entwich.

Die wenigen Wochen, die ich in London verbrachte, waren die erbärmlichsten meines Lebens. Eine große Stadt ist ein schrecklicher Ort für eine Trauernde. Der Sonnenuntergang und der sanfte Mond, die willkommenen Bewegungen der Blätter und das Rauschen des Wassers sind die besten aller Ärzte für einen zerrütteten Verstand. Die Seele weitet sich und trinkt die Ruhe, eine beruhigende Medizin. Für mich war es wie der Anblick des lieblichen Wassers, das sich zum verzauberten Seefahrer schlängelt; in geliebter und willkommener Natur, für mich unerwartet, rief es einen Segen auf meine Seele herab.[27] Aber in einer Stadt ist alles fest umschlossen, wie in einem Gefängnis; ein drahtiges Gefängnis, von dem aus man nur in den Himmel sehen kann. Ich kann Ihnen kaum die rasende Natur meiner Empfindungen beschreiben, während ich dort wohnte. Ich war oft am Rand des Wahnsinnes. Nein, wenn ich zurückblicke auf viele meiner unbändigen Gedanken, Gedanken, mit denen meine Taten manchmal kaum Schritt halten konnten; wenn ich die Hände hochwarf, das Pluviale vom Himmel herunterzurufen, damit es auf mich falle und mich begrabe; wenn ich mein Haar ausriss, es in den Wind warf und schrie: „Ihr seid frei, geht meinen Vater suchen!" Und dann, gleich der unglücklichen Constance, sie wieder zu ergreifen und zu binden, auf das nichts ihn finden möge, wenn ich es nicht könnte.[28] Wie ich mich auf Knien nahe beim Grab meines Vaters geglaubt habe und den Boden schlug im Ärger, da er ihn vor mir schützen wollte. Wenn ich mit keuchender Aufmerksamkeit auf den Klang des mit dem Stöhnen meines Vaters vermischten Ozeans gehorcht habe, und dann weinte, bis mich meine Kräfte verließen, und ich ruhig und schwach war. Wenn ich mich an alle dies erinnert habe, habe ich mich oft gefragt, ob dies nicht Wahnsinn war. Während ich in London war, hatte ich diese und viele andere schreckliche Gedanken, die für Worte zu entsetzlich sind. Ich verlor all diese Leiden, als ich frei war; als ich die wilde Heide um mich herum sah, und den Abendstern im Westen, konnte ich weinen, leise weinen, und Frieden finden.

---

[27] Anspielung auf das Gedicht *The Rime of the Ancient Mariner* (1798), Teil IV, Vers 273-281; in: Coleridge, *Collected Works*, S. 392/393 (siehe Fußnote 25).

[28] Anspielung auf *King John,* 3. Akt, 4. Szene, Vers 69-75.

Verstehen Sie mich nicht falsch. Ich war nie wirklich verrückt. Ich war mir meines Zustandes immer bewusst, wenn meine stürmischen Gedanken mich in den Wahnsinn zu führen schienen, und verriet ihn nirgendwo, außer in Stille und Einsamkeit. Die Leute um mich herum sahen nichts von alledem. Sie sahen nur ein armes Mädchen mit gebrochenem Geist, das mit einer leisen und sanften Stimme sprach, und unter dessen niedergeschlagenen Lidern sich manchmal Tränen hervorstahlen, die es zu verstecken suchte. Jemand, der gerne allein war und die Beobachtung durch andere mied; der nie lächelte. Oh, nein! Ich lächelte nie; und das war alles.

Nun, ich entkam. Ich verließ das Haus meines Vormunds und man hörte nie wieder von mir; man glaubte aufgrund von Briefen, die ich hinterließ, und anderer Umstände, dass ich vorhatte, mich umzubringen. Man suchte daher mit weniger Sorgfalt nach mir, als es sonst der Fall gewesen wäre; und alle Spuren und Erinnerungen an mich gingen bald verloren. Ich verließ London auf einem kleinen Schiff, das zu einem Hafen im Norden von England unterwegs war. Und nun, da ich bei meinem Vorhaben Erfolg gehabt hatte und völlig allein war, kehrte der Frieden zu mir zurück. Das Meer war ruhig und das Schiff bewegte sich sachte vorwärts. Ich saß an Deck unter dem offenen Baldachin des Himmels, und mich deuchte, ich wäre ein völlig verändertes Wesen. Nicht die unbändige, rasende und todunglückliche Mathilda, sondern eine jugendliche Einsiedlerin, die für die Abgeschiedenheit bestimmt ist und ihren Busen von allem Aufruhr und aller gottlosen Verzweiflung freihalten muss. Das phantasievolle, einer Nonnentracht ähnliche Gewand, das ich angelegt hatte; die Kenntnis davon, dass selbst meine Existenz ein nur mir bekanntes Geheimnis war; die Einsamkeit, für die ich nun für immer bestimmt war; all das pflanzte sanfte Gedanken in mein verletztes Herz. Die Brise, die in meinem Haar spielte, erweckte mich zu neuem Leben, und ich beobachtete mit ruhigen Augen die Sonnenstrahlen, die auf den Wellen glitzerten und die Vögel, die einander über das Wasser jagten, das sie nur mit ihren Federn berührten. Ich schlief, auch von Träumen ungestört, und erwachte erfrischt, um wieder meine ruhige Freiheit zu genießen.

Nach vier Tagen kamen wir in dem Hafen an, zu dem wir unterwegs waren. Ich wollte nicht an der Küste bleiben, sondern fuhr sofort weiter landeinwärts. Ich hatte schon die Gegebenheiten geplant, in denen ich leben wollte. Es sollte ein einsames Haus sein, auf einer weiten Ebene, ohne eine andere Wohnstätte in der Nähe; wo ich den gesamten Horizont überblicken und weit umherwandern konnte, ohne durch den Anblick meiner Mitgeschöpfe belästigt zu werden. Ich war nicht misanthropisch, aber ich fühlte, dass der sanfte Strom meiner Gefühle davon abhing, dass ich allein war. Ich entschied mich für eine weite Einsamkeit, auf einer eintönigen Heide, übersät mit Steinen, zwischen denen kurzes Gras wuchs; hier und dort waren einige Binsen neben einem kleinen Teich. Nicht weit entfernt von meinem Häuschen stand eine kleine Gruppe von Kiefern, die einzigen Bäume auf viele Meilen. Ich ließ einen Pfad durch den Stechginster von meiner Tür zu diesem kleinen Wald schlagen. Von seinen obersten Zweigen begrüßten die Vögel die aufgehende Sonne und weckten mich zu meiner täglichen Andacht. Meine Aussicht wurde nur vom Horizont begrenzt, außer auf einer Seite, wo ein entfernter Wald als ein schwarzer Fleck auf der Heide erschien, die überall sonst ihre matten Farbtöne ausbreitete, soweit das Auge reichte, weit und äußerst trostlos. Hier konnte ich das Netzwerk der Wolken beobachten, wie sie sich zu dicken Massen verwoben. Ich konnte das langsame

Wachsen der schweren Donnerwolken beobachten und konnte den Wolkennebel sehen, wie er über den Himmel getrieben wurde, oder ich konnte unter den Kiefernbäumen die Stille des azurblauen Himmels genießen.

Mein Leben war sehr friedlich. Ich hatte eine Dienerin, die den größten Teil des Tages in einem Dorf, zwei Meilen entfernt, verbrachte. Meine Vergnügungen waren einfach und sehr unschuldig. Ich fütterte die Vögel, die in den Kiefern nisteten, oder zwischen dem Efeu, der die Wand meines kleinen Gartens bedeckte, und sie kannten mich bald. Die kühneren pickten die Brösel aus meiner Hand und saßen auf meinen Fingern, ihre Dankbarkeit singend. Nachdem ich einige Zeit hier gelebt hatte, besuchten mich andere Tiere. Ein Fuchs kam jeden Tag wegen einer für ihn bestimmten Mahlzeit und duldete, dass ich seinen Kopf tätschelte. Ich hatte außerdem viele Bücher und eine Harfe, mit der ich in Stunden der Verzweifelung meinen Geist beruhigen und mich zu Mitgefühl und Liebe erheben konnte.

Liebe! Was hatte ich zu lieben? Oh, viele Dinge; es gab den Mondschein und die hellen Sterne; die Brisen und den erfrischenden Regen; es gab die ganze Erde und den Himmel, der sie bedeckte. All die schönen Gestalten, die meine Phantasie besuchten, all die Erinnerungen an Heldentum und Tugend. Doch dies stand im äußersten Gegensatz zu meinem früheren Leben, obwohl ich wie damals auf die Natur und Bücher beschränkt war. Damals sprang ich über die Felder; mein Geist schien oft auf den Winden zu reiten und aus freudigem Mitgefühl in der umgebenden Luft aufzugehen. Damals, als ich langsam umherwanderte, munterte ich mich mit einem süßen Lied oder noch süßeren Tagträumen auf; ich fühlte ein heiliges Entzücken aus allem entspringen, was ich sah. Ich sog die Freude mit dem Leben ein; meine Schritte waren leicht; meine Augen, heiter durch die Liebe, die sie belebten, suchten den Himmel, und mit meinen langen, im Wind gelösten Haaren gab ich meinem Körper und meinem Verstand Zuneigung und Freude. Aber jetzt war mein Gang langsam; meine Augen waren selten erhoben und oft mit Tränen gefüllt; kein Lied; kein Lächeln; keine unachtsame Bewegung, die einem aufmerksamen Verstand verraten hätte können, was ihn umgab. Ich war auf mich selbst geworfen, ein egoistisches einsames Geschöpf, das immerzu über seine Reue und verblassten Hoffnungen nachdachte.

Ich führte ein müßiges, nutzloses Leben; aber man kann der vom Sturm niedergeworfenen Lilie nicht befehlen, sich zu erheben und zu blühen wie zuvor. Mein Herz blutete aus einer tödlichen Wunde. Ich konnte nicht anders leben. Inmitten scheinbarer Ruhe wurde ich oft von Verzweiflung und Melancholie heimgesucht, von einer Düsternis, die nichts zerstreuen oder überwinden konnte, von einem Hass auf das Leben, von einer Vernachlässigung der Schönheit. All diese Launen hätten mich beinahe vernichtet durch ihre Kräfte. Nicht für einen Moment, auch wenn ich ganz ruhig war, hörte ich auf, für den Tod zu beten. Es gab keine Gemütsverfassung, die ich nicht bereitwillig gegen das Nichts eingetauscht hätte. Und morgens und abends, meine tränenüberströmten Augen zum Himmel erhoben, meine Hände fest zum Gebet gefaltet, habe ich den Dichter zitiert:

> Bevor ich einen weiteren Tag bin zu sehen,
> Oh, lass diesen Körper vergehen![29]

---

[29] „Before I see another day / Oh, let this body die away"; aus dem Gedicht „*The Complaint of a Forsaken Indian Woman*", Zeile 1-2 und 9-10; in: Wordsworth, *Lyrical Ballads*, S. 111 (siehe Fußnote 3).

Werfen Sie mir nun keine Nutzlosigkeit vor. Ich glaubte, dass ich durch Selbstmord ein göttliches Naturgesetz verletzen würde; und ich dachte, dass ich genug daran tat, mich der schweren Aufgabe zu unterziehen, die kriechenden Stunden und Minuten zu ertragen,[30] die Last der Zeit zu erdulden, die schwer auf mir wog und dass ich dadurch, das ich mich dessen enthielt, was ich in meinen ruhigen Momenten als ein Verbrechen ansah, die Belohnung der Tugend verdiente. Es gab Zeiten, schreckliche Zeiten, in denen ich verzweifelte, und Zweifel hatte an der Existenz irgendwelcher Pflichten und an der Wirklichkeit des Verbrechens, aber ich schauderte und wandte mich ab von der Erinnerung.

---

[30] Vgl. Percy B. Shelley, *Prometheus Unbound* (1820), I. Akt, Vers 48.

Kapitel IX

Auf diese Art verbrachte ich zwei Jahre. Tage um Tage, so viele Hunderte, zogen dahin; sie brachten keine äußeren Veränderungen mit sich, aber einige wenige wirkten langsam auf meinen Verstand, als ich in Richtung des Todes weiterglitt. Ich begann, mehr zu studieren; die Gedanken anderer zu teilen, die in Büchern standen; Geschichte zu lesen, und meine Persönlichkeit in der Masse zu verlieren, die vor mir existiert hatte. Als die Empfindung des unmittelbaren Leidens nachließ, wurde ich auf diese Art vielleicht menschlicher. Auch die Einsamkeit verlor für mich einiges von ihrem Zauber. Ich begann wieder, mir Zuneigung zu wünschen; nicht das ich jemals die Menge suchte, aber ich wünschte mir einen Freund, der mich liebt. Sie werden vielleicht sagen, dass ich allmählich zu einer Rückkehr in die Gesellschaft bereit war. Ich denke nicht. Denn die Zuneigung, die ich wünschte, muss so rein sein, so ohne Einfluss von äußeren Umständen, dass sie in der Welt nicht vorhanden sein konnte, da ich vor den groben Stoffen zurückschreckte, die sich ständig sogar mit den besten Gefühlen vermischen. Glauben Sie mir, ich war für jede Gemeinschaft mit meinen Mitgeschöpfen ungeeigneter als je zuvor. Als ich sie verließ, hatten sie mich gequält, aber so, wie Schmerz und Krankheit jemanden quälen können; es war belanglos für den Verstand, der sich damit herumgeärgert hat, und ich wollte es beiseite schieben. Aber jetzt wünschte ich mir Zuneigung. Ich wollte meine Seele mit einem von ihnen verbinden, und hätte mich auf einen kräftigen Schluck von Enttäuschung und Leid vorbereiten sollen; denn ich war zarter als die empfindsame Pflanze, ganz Nerv.[31] Ich wollte kein Mitgefühl oder Unterweisung in Kühnheit oder Weisheit, aber süße und gegenseitige Zuneigung; ein Lächeln, das mich aufmunterte, und sanfte Worte des Trostes. Ich wünschte ein Herz, in das ich uneingeschränkt meine Klagen gießen konnte, und dass durch die himmlische Natur der Erde eine gesegnete Frucht aus solch üblen Samen entspringen möge. Doch wie konnte ich so jemanden finden? Die Liebe, die die Seele der Freundschaft ist, ist ein flüchtiger Geist, selten zu finden, außer wenn zwei freundliche Geschöpfe von früher Jugend an verbunden sind, oder wenn sie durch gemeinsame Leiden und Bestrebungen aneinander gebunden sind; sie kommt zu einigen Auserwählten, unaufgefordert und unbewusst; sie geht als sanfter Tau auf ausgewählte Stellen nieder, die, zuvor öde und leer, unter ihrem hilfsbereiten Einfluss fruchtbar werden und die schönsten Pflanzen hervorbringen. Aber wenn sie herbeigewünscht wird, flieht sie; sie spottet über die Gebete ihrer Verehrer; sie will geschenkt, aber nicht gesucht werden.

---

[31] Die empfindsame Pflanze, *Mimosa pudica* oder *Mimosa sensitiva,* ein Strauch, der einen hohen Grad an Erregbarkeit besitzt, wurde in Abhandlungen des achtzehnten Jahrhunderts oft als Metapher für menschliche Sensibilität gebraucht, und wurde später ein populäres poetisches Symbol, wie in Percy B. Shelleys Gedicht *The Sensitive Plant* (1820).

Ich wusste all dies und suchte nicht nach Zuneigung; aber dort auf meiner einsamen Heide, unter meinem bescheidenen Dach, wo es überall öde war, kam sie zu mir, wie ein Sonnenstrahl im Winter, mich zu schmücken, während sie half, den angewehten Schnee aufzulösen. Leider schien die Sonne auf verdorbenes Obst. Ich blühte nicht wieder auf unter ihren Strahlen, denn ich war zu tief zerstört, um ihre freundliche Kraft zu fühlen. Mein Vater war nicht mehr, und sein Andenken war der Inhalt meines Lebens. Ich konnte Dankbarkeit einem anderen gegenüber fühlen, aber ich konnte niemals mehr lieben oder hoffen, wie ich es getan hatte. Es war alles Leiden. Sogar meine Freuden erduldete ich, statt sie zu genießen. Ich war wie eine einsame Stelle zwischen den Bergen, die auf allen Seiten von steilen schwarzen Abgründen umschlossen wird; wohin kein wärmender Strahl dringen kann, und von wo es keinen Ausgang zu sonnigeren Gefilden gibt. Und so, obwohl der Geist der Freundschaft mich für eine Weile beruhigte, konnte er mich nicht wiederherstellen. Er kam wie ein freundlicher Besucher; als er ging, fühlte ich den Verlust kaum. Der Geist des Lebens war tot in mir; seien Sie deshalb nicht überrascht, dass ich es nicht freudiger begrüßte, als es kam, und ich es nicht bitterlicher klagte, als es wieder von mir schied, das beste Geschenk des Himmels - ein Freund.

Der Name meines Freundes war Woodville. Ich werde kurz seine Geschichte berichten, damit Sie beurteilen können, wie kühl mein Herz gewesen sein muss, um nicht von seiner Wortgewandtheit und zarten Zuneigung aufgewärmt zu werden. Und da er ebenso todunglücklich war wie ich, wären wir gut geeignet gewesen, um einander Trost zu spenden, wäre ich nicht zu Stein verhärtet worden durch das

Medusenhaupt des Elends.[32] Das Unglück Woodvilles kam nicht aus den Tiefen des Herzens wie meines; sein Kummer war von natürlicher Art, der das Herz nicht zerstört, sondern reinigt, und aus dem er, wenn sein Schatten über ihn hinweggegangen war, heller und glücklicher hervortreten konnte als zuvor.

Woodville war der Sohn eines armen Geistlichen und hatte eine klassische Bildung erhalten. Er war einer von jenen wenigen Menschen, die vom Glück von Geburt an bevorzugt werden, dem sie alle Geschenke an Körper und Geist mit einem Überfluss erweist, der keine Grenzen kennt. Unter ihrem seltsamen Schutz hatte keine Unvollkommenheit, wie leicht auch immer, oder Enttäuschung, wie vergänglich auch immer, Erlaubnis ihn zu berühren. Es schien seinen Geist zu einer Vortrefflichkeit geformt zu haben, die kein Unrat beflecken konnte, und seinen Verstand konnte kein Fehler entstellen. Sein Genius überragte alles, und als er wie ein heller Stern im Osten aufstieg, richteten sich alle Blicke voller Bewunderung auf ihn. Er war ein Dichter. Diese Bezeichnung ist so oft herabgesetzt worden, dass sie nicht die Vorstellung davon vermittelt, was er war. Er war wie ein Dichter der Alten, den die Musen in seiner Wiege gekrönt, und von dessen Lippen Bienen sich genährt hatten.[33] Wenn er unter anderen Menschen weilte, schien er mit einem himmlischen Heiligenschein umgeben, der ihn von ihnen trennte und ihn über sie erhob. Es war seine unvergleichliche Schönheit, das blendende Feuer seiner Augen, und seine Worte, deren voller

---

[32] Im griechischen Mythos war Medusa eine der drei Gorgonen, deren Haupt so furchterregend war, das jeder, der sie erblickte, in Stein verwandelt wurde.

[33] Wahrscheinlich eine Anspielung auf M. Tullius Cicero, *Über die Wahrsagung (De Divinatione)*, Buch I, Strophe 36, Vers 78 (in der Platon so beschrieben wird).

Klang die Zuhörer in stummer und verzückter Bewunderung fesselte. Sie brachten ihn dazu, alle anderen zu übertreffen, so dass ihre Gegenwart nur dazu da zu sein schien, um seine überlegene Vortrefflichkeit hervorzuheben.

Er war glorreich von Jugend an. Jeder liebte ihn; nie fiel der Schatten eines neid- oder hasserfüllten Vorwurfs auch nicht des gemeinsten Verstandes auf ihn. Er war, zur besonderen Freude der Götter, umschlossen und eingehegt von seiner eigenen Göttlichkeit, so dass sich ihm nichts, außer Liebe und Bewunderung, nähern konnte. Sein Herz war einfacher als das eines Kindes, unbefleckt von Arroganz oder Eitelkeit. Er mischte sich unter die Gesellschaft, ohne von seiner Überlegenheit über seine Begleiter zu wissen, nicht weil er sich unterbewertete, sondern weil er die niedere Stellung von anderen nicht wahrnahm. Er schien das volle Ausmaß der Kraft nicht erfassen zu können, die Egoismus und Laster in der Welt besitzen. Als ich ihn kennen lernte, hatte er, obwohl er eine Enttäuschung seiner liebsten Hoffnungen erlitten hatte, keine erfahren, die sich aus der Niedertracht und der Selbstliebe des Menschen ergaben. Seine Position war zu hoch, um zuzulassen, dass er durch ihre Hartherzigkeit litt; und zu niedrig, um Undankbarkeit und zudringlichen Egoismus zu erfahren. Es ist eine der Segnungen eines gemäßigten Glücks, dass es dadurch, dass es den Besitzer am Empfang pekuniärer Gunst hindert, ihn auch daran hindert, in die Arcana[34] der menschlichen Schwäche und Bosheit einzutauchen. Sich seinen Mitmenschen zu schenken, ist ein göttliches Attribut, und als solches passt es nicht für die

---

[34] Lat.: Geheimnisse; Pl. von Arcanum.

Sterblichkeit. Der Geber, gleich Adam und Prometheus,[35] muss die Strafe dafür bezahlen, dass er sich über seine Natur erhebt, um der Märtyrer seiner eigenen Trefflichkeit zu sein. Woodville war frei von all diesen Übeln; und wenn ihm kleine Kostproben davon begegneten, bemerkte er sie nicht, sondern folgte unbeirrt seinem Weg, wie ein Engel mit geflügelten Füßen, der unbehindert von all jenen kleinen Hindernissen über die Erde gleiten kann, über die wir, die wir irdischen Ursprungs sind, stolpern. Er glaubte an die Göttlichkeit des Genius und begegnete den Einwänden jener unbedeutenden Nörgler und kleinlichen Kritiker, die alle Menschen auf ihr eigenes erbärmliches Niveau reduzieren möchten, stets mit einem strikten Unglauben. „Ich werde ein wissenschaftliches Gleichnis anführen", sagte er dann, „in der Art, wenn Sie so wollen, wie von Dr. Darwin. Ich betrachte die angeführten Fehler eines genialen Menschen wie die Abweichungen der festen Sterne. Es ist unser Abstand von ihnen und unsere unvollkommenen Mittel der Beobachtung, die sie dazu bringt, sich scheinbar zu bewegen; in Wahrheit bleiben sie immer fest stehen, ein glorreiches Zentrum, das uns eine gute Lektion der Bescheidenheit geben würde, wenn wir sie auf diese Art empfangen würden."[36]

---

[35] Im griechischen Mythos stahl der Titan Prometheus das Feuer von den Göttern und brachte es den Menschen; für diesen Frevel kettete Zeus ihn an einen Felsen im Kaukasus, wo ein Adler täglich von seiner Leber fraß, die jeden Tag wieder nachwuchs.

[36] Erasmus Darwin (1731-1802), Arzt, Botaniker und Autor eines langen wissenschaftlichen Gedichtes, *The Botanic Garden* (1791); vgl. die Diskussion über den Genius in Mary Shelleys Essay *Giovanni Villani* (1823), in *The Novels and Selected Works of Mary Shelley Vol. 2, ed. by Pamela Clemit, London 1996*; S. 128.

Ich habe gesagt, dass er ein Dichter war. Mit dreiundzwanzig Jahren gab er sein erstes Gedicht heraus, und es wurde von der ganzen Nation mit Enthusiasmus und Freude bejubelt. Ein guter Stern schien ständig auf ihm. Nie zuvor hatte sich jemand so rasch und so umfassend einen Namen gemacht. Die Menge rühmte dieselben Gedichte als das Wunder eines Weisen, der sie in seinem Kabinett ersonnen hatte. Es gab keine Stimme, die dagegen sprach.

Es war zu dieser Zeit, auf der Höhe seines Ruhmes, als er mit Elinor bekannt gemacht wurde. Sie war eine junge Erbin von exquisiter Schönheit, die unter der Obhut ihres Vormunds lebte. Von dem Moment an, als sie sich begegneten, schienen sie wie für einander geschaffen. Elinor hatte nicht den Genius von Woodville, aber sie war großzügig und edel, und erhöht durch ihre Jugend und die Liebe, die sie allenthalben erregte, ohne Kenntnis von irgendetwas, außer von Tugend und Vortrefflichkeit. Sie war schön, und ihr Auftreten war offen und einfach. Ihre tiefen blauen Augen schwammen in einem Glanz, der nur von Empfindsamkeit, angereichert mit Weisheit, stammen konnte.

Sie waren für einander geschaffen, und sie liebten sich bald. Woodville fühlte die Freuden der Liebe zum ersten Mal; und Elinor war entzückt, das Herz eines Mannes zu besitzen, der so schön und so angesehen unter seinen Mitmenschen war. Konnte irgendetwas anderes als reine Freude aus solch einer Vereinigung entspringen?

Woodville war ein Dichter; er war gefragt auf jeder Gesellschaft, und alle Augen richteten sich auf ihn allein, wenn er erschien; aber er war der Sohn eines armen Geistlichen, und Elinor war eine reiche Erbin. Ihr Vormund störte sich nicht an ihrer Zuneigung; die Leistungen von Woodville waren zu bedeutend, um Spitzfindigkeiten wegen

102

seines geringen Vermögens zuzulassen. Aber der letzte Wille ihres Vaters erlaubte ihr nicht zu heiraten, bevor sie das Alter erreicht hatte, und ihr Glück hing davon ab, das sie diese Verfügung befolgte. Sie hatte gerade ihr zwanzigstes Jahr begonnen, und sie und ihr Geliebter waren verpflichtet, sich in diese Verzögerung zu fügen. Aber sie waren immer zusammen und ihr Glück schien das des Paradieses zu sein. Sie studierten zusammen; schmiedeten Pläne über künftige Tätigkeiten und tranken Liebe und Freude aus Augen und Worten des anderen, so dass sie kaum über die Verzögerung bis zu ihrer völligen Vereinigung klagten. Woodvilles Geist nahm stetig an Herrlichkeit zu; und Elinor wurde schöner und weiser durch die Lehren ihres vollendeten Liebhabers.

In zwei Monaten wurde Elinor einundzwanzig. Alles war für ihre Vereinigung vorbereitet. Wie soll ich von der Katastrophe berichten, die auf so viel Glück folgte? Aber die Erde wäre nicht die Erde, denn sie ist mit Pest und Trauer bedeckt, wenn sie es geduldet hätte, dass ein solches Paar wie diese Engelsgeschöpfe füreinander existierte. Suchen Sie die ganze Welt ab und Sie werden ein solch perfektes Glück nicht finden, das sie in ihrer Ehe gefunden hätten. Es müsste eine Umwälzung in der Ordnung der Dinge, die sich unter uns traurigen Erdbewohnern so etabliert hat, stattfinden, um eine solch vollendete Freude zu gestatten. Die Kette des Unvermeidlichen, die immer Elend bringt, müsste gebrochen werden, und das bösartige Schicksal, das den Vorsitz darüber hat, würde diesen Bruch ihrer ewigen Gesetze nicht erlauben. Aber warum soll ich dies beklagen? Elend war mein Element und nichts, außer Elend, konnte sich mir nähern; wenn Woodville glücklich gewesen wäre, hätte ich ihn nie kennen gelernt. Und kann ich, die für viele Jahre von Tränen gefüttert wurde und sich vom Tau des Kummers nährte, kann ich zögern, eine Geschichte von Jammer und Tod zu berichten?

Woodville musste aufs Land reisen, und wurde Tag um Tag aufgehalten, in ärgerlicher Abwesenheit seiner schönen Braut. Er erhielt einen Brief von ihr, in dem sie sagte, dass sie nur leicht erkrankt war, aber ihn aufforderte, zu ihr zu eilen, dass sein Anblick ihre Gesundheit wiederherstellen würde, und dass seine Gesellschaft ihre beste Medizin wäre. Er wurde drei Tage länger aufgehalten und eilte dann zu ihr. Sein Herz, er wusste nicht warum, prophezeite Unglück. Er hatte nicht wieder von ihr gehört. Er fürchtete, dass es ihr schlecht ging, und diese Furcht ließ ihn ungeduldig und rastlos auf den Moment warten, in dem er sehen konnte, wie sie noch einmal bei Gesundheit und in Schönheit vor ihm stand; denn eine finstere Stimme schien ihm andauernd zuzuflüstern: „Du erblickst sie nie mehr, wie sie war."

Als er zu ihrem Haus ankam, war alles still darin. Er ging durch mehrere Zimmer; in einem sah er, wie ein Diener bitterlich weinte. Er war krank vor Furcht und konnte kaum fragen: „Ist sie tot?", und hörte gerade noch die schreckliche Antwort: „Noch nicht." Diese entsetzlichen Worte kamen ihm vor wie von weniger furchtbarer Bedeutung als jene, die er erwartet hatte; zu erfahren, dass sie immer noch da war, und dass er immer noch hoffen konnte, war eine Linderung für ihn. Er erinnerte sich an die Worte ihres Briefes, und er gab dem rasenden Gedanken nach, dass seine Küsse, voll warmer Liebe und Leben, ihr neues Leben einflößen würden, und dass sie nicht sterben konnte, wenn er bei ihr war; dass seine Gegenwart der Talisman war für ihr Leben.

Er eilte zu ihrem Krankenzimmer. Sie lag in ihrem Bett, ihre Wangen glühten vor Fieber, doch ihre Augen waren geschlossen; sie war anscheinend besinnungslos. Er nahm sie in seine Arme; er drückte atemlose Küsse auf ihre glühenden Lippen; er nannte sie mit einer Stimme gedämpfter Qual bei den zärtlichsten Namen: „Kehre zurück, Elinor. Ich bin bei dir; dein Leben, deine Liebe. Kehre zurück, Liebste, du versprachst mir diese Gnade, dass ich dir Gesundheit bringen sollte. Lass deinen süßen Geist wieder aufblühen; du kannst nicht sterben, wenn ich bei dir bin. Was bedeutet der Tod? Dich nicht mehr zu sehen? Dass von mir gerissen wird, was ein Teil von mir ist, ohne den ich keine Vergangenheit und keine Zukunft habe? Elinor stirbt! Das bedeutet Wahnsinn und elendste Verzweiflung. Du kannst nicht sterben, während ich bei dir bin."

Und er küsste wieder ihre Augen und Lippen und beugte sich voller Qual über ihre leblose Gestalt, starrte auf ihr Gesicht, das noch schön war, obwohl verändert, und beobachtete jede leichte Zucken und jede Änderung der Farbe, die anzeigten, das das Leben noch verweilte, obwohl es bereit war, aus dieser Welt zu scheiden. Einmal, für einen Moment, erholte sie sich wieder und erkannte seine Stimme. Ein Lächeln, ein letztes schönes Lächeln spielte auf ihren Lippen. Er wachte zwölf Stunden neben ihr; dann starb sie.

Kapitel X

Es war sechs Monate nach diesem unglücklichen Ende seiner lang gehegten Hoffnungen, als ich ihn zum erstenmal sah. Er hatte sich in einen Teil des Landes zurückgezogen, in dem er nicht bekannt war, damit er sich friedlich seinem Kummer hingeben konnte. Die ganze Welt hatte sich für ihn durch den Tod seiner teuren Elinor verändert, und er konnte nicht mehr an einem Ort bleiben, wo er sie gesehen hatte, oder wo sich ihr Bild mit den entzücktesten Hoffnungen vermengte, die überall mit einem Licht der Freude geleuchtet hatten, das sich jetzt in Dunkelheit verwandelt hatte, schwärzer als Mitternacht, seitdem sie, die Sonne seines Lebens, für immer untergegangen war.

Er lebte für einige Zeit weit entfernt von allem, das ihn an das erinnern konnte, was er einst gehabt hatte. Er schaute nie in das Licht des Himmels, sondern hüllte seine Augen in immerwährende Dunkelheit. Aber als die Zeit seinen Kummer milderte, suchte er wie ein wahres Kind der Natur im Genuss ihrer Schönheit nach einem Trost in seinem Unglück. Er kam in ein Teil des Landes, in dem er ganz unbekannt war, und wo er allein in der tiefsten Einsamkeit mit seinem Herzen sprechen konnte. Er fand Erleichterung für seinen unduldsamen Kummer in den Brisen des Himmels und im Klang von Wassern und Wäldern.

Er fand Gefallen am Reiten. Diese Übung lenkte seinen Verstand ab und erhob seinen Geist. Auf einem schnellen Pferd konnte er für einen Moment Ruhe gewinnen vor dem Bild, das ihm sonst immer verfolgte; Elinor auf ihrem Sterbebett, ihre veränderten, süßen Gesichtszüge und der ruhige Geist, der sie belebte, und allmählich bis zum Verlöschen dahinschwand. Viele Monate lang hatte Woodville sich vergeblich bemüht, diese schrecklichen Erinnerungen abzuwerfen. Sie lasteten immer noch auf ihm, bis die Erinnerung eine zu große Bürde für seine beladene Seele wurde. Aber auf dem Rücken seines Pferdes war der Bann gebrochen, der ihn anscheinend an diese Vorstellung fesselte. Dann stellte er sich seine verlorene Braut in strahlender Schönheit vor; er konnte ihre Stimme hören und sie sich als „eine silvanische Jägerin an seiner Seite"[37] vorstellen, während seine Augen leuchteten, da er dachte, dass er auf ihre geschätzte Gestalt blickte. Ich hatte gesehen, wie er mehrmals über die Heide ritt, und war verärgert darüber, dass meine Einsamkeit gestört wurde. Es war so lange her, seit ich mit irgendjemanden, außer mit Bauern, gesprochen hatte, dass es mir unangenehm war, wenn ich von jemanden von höherem Stand gesehen wurde. Ich fürchtete auch, dass es jemand sein könnte, der mich schon einmal gesehen hatte. Es bestand die Gefahr, dass ich erkannt wurde, meine Hochstapeleien entdeckt, und ich zu einem Leben in schrecklicher Qual zurückgeschleift wurde, wie ich es schon

---

[37] Lat.: *Silvanus*, römischer Wald- und Feldgott; Anspielung auf das Gedicht „Ruth", Zeile 89; in: Wordsworth, *Lyrical Ballads*, Seite 191 (siehe Fußnote 3).

einmal erduldet hatte. Dies waren schreckliche Ängste, und sie suchten mich sogar in meinen Träumen heim.

Ich saß eines Tages am Rand des Kiefernwäldchens, als Woodville vorbeiritt. Sobald ich ihn wahrnahm, erhob ich mich abrupt, um vor seinen Blicken unter die Bäume zu fliehen. Mein Aufstehen erschreckte sein Pferd; es bäumte sich auf und stürzte, und der Reiter wurde schließlich abgeworfen. Das Pferd galoppierte dann schnell über die Heide davon, und der Fremde blieb auf dem Boden liegen, von seinem Sturz betäubt. Er war nicht sonderlich verletzt, und etwas frisches Wasser stellte ihn bald wieder her. Ich war berührt von seiner außergewöhnlichen Schönheit und wie er sprach, um mir zu danken. Der süße, aber melancholische Tonfall seiner Stimme brachte Tränen in meine Augen.

Wir sprachen nur kurz miteinander, aber am nächsten Tag hielt er wieder an meinem Häuschen, und nach und nach wuchs eine gewisse Vertrautheit zwischen uns. Es war für ihn seltsam, eine so junge Frau zu sehen, ich war noch nicht zwanzig, die offensichtlich zu den ersten Klassen der Gesellschaft gehörte und jede Fertigkeit besaß, die eine ausgezeichnete Bildung verleihen konnte, und doch allein auf einer trostlosen Heide lebte. Eine Frau, deren Stirn vom Stempel des Kummers stark gezeichnet war, und deren Worte und Bewegungen verrieten, dass ihre Gedanken ihnen nicht folgten, sondern von ganz anderen Vorstellungen durchdrungen waren; Vorstellungen bitteren und überwältigenden Elends. Ich war auch in ein seltsames, einer Nonnentracht ähnliches Gewand gekleidet, das andeutete, dass ich mich nicht aus Notwendigkeit in die Einsamkeit zurückzog, sondern dass ich in üppigem Kummer und phantasievoller Abgeschiedenheit schwelgen mochte.

Er hatte bald großes Interesse an mir und vergaß seinen eigenen Kummer manchmal, wenn er neben mir saß und versuchte, mich aufzumuntern. Es konnte nicht ausbleiben, dass er sogar das Interesse von jemand weckte, der sich von der ganzen Welt ausgeschlossen hatte, dessen Hoffnung der Tod war, und der nur mit den Verstorbenen lebte. Die Schönheit seiner Person; seine Konversation, aus der Phantasie und Empfindsamkeit leuchtete; die Poesie, die an seinen Lippen zu hängen schien und die Luft selbst verstummen ließ, um ihm zuzuhören, waren ein Zauber, dem niemand widerstehen konnte. Er war jünger, weniger erschöpft, auch weniger leidenschaftlich als mein Vater, und in nichts erinnerte er mich an ihn. Er litt unter einem unmittelbaren Kummer, doch dessen sanfter Einfluss, statt Gefühle wachzurufen, die sonst geschlummert hätten, schien nur das zu verschleiern, was sonst zu blendend für mich gewesen wäre. Wenn wir zusammen waren, sprach ich wenig, doch mein selbstsüchtiger Verstand wurde manchmal vom raschen Lauf seiner Gedanken davongetragen. Ich erhob meine Augen in flüchtigem Scharfsinn, bis Erinnerungen, die nie starben und selten schliefen, wiederkehrten und sie mit Tränen trübten.

Woodville versuchte immer wieder, mich zu Betrachtungen darüber zu führen, was schön und heiter in der Welt war. Sein Verstand war von Natur aus fest an die Vorstellung gebunden, mehr an das Gute als an das Böse zu glauben, und dieses Gefühl, welches sogar die Hoffnungslosesten beleben muss, schimmerte immer aus seinen Worten heraus. Er redete von den wunderbaren Kräften der Menschen; von ihrem gegenwärtigen Zustand und von ihren Hoffnungen: davon was sie gewesen waren und was sie jetzt sind, und wenn der Verstand ihn nicht mehr leiten konnte, erhellte seine

Phantasie, wie sie es ihm eingab, die Dunkelheit, die die Vergangenheit und die Zukunft verschleiert. Er verweilte gerne dabei, wie der Zustand der Erde gewesen sein könnte, bevor der Mensch auf ihr lebte, und wie er entstanden und allmählich das seltsame, komplizierte, aber auch, wie er sagte, glorreiche Geschöpf geworden war, das er jetzt ist. Wie die Menschen die Erde mit ihren Schöpfungen bedeckten und durch die Kraft ihres Verstandes eine andere Welt formten, schöner als die sichtbare Gestalt der Dinge, sogar als die ganze Welt, die wir in ihren Schriften finden. Eine herrliche Schöpfung, sagte er, die Anspruch auf Überlegenheit über ihre Vorlage erheben kann, weil sie Gut und Böse leichter trennt; die das Gute so belohnt, wie sie es selbst wünscht; die das Böse bestraft, wie alle bösen Dinge bestraft werden sollten, nicht durch Schmerz, den in Erwägung zu ziehen sich jeder Menschenfreund weigert, sondern durch ruhige Dunkelheit, die sie einfach um ihre schädlichen Qualitäten bringt; warum die Schlange töten, wenn man ihr die Giftzähne gezogen hat?

Die Poesie seiner Sprache und seiner Gedanken, die meine Worte nur unzureichend vermitteln können, fesselten mich an seinen Ausführungen. Es war ein melancholisches Vergnügen für mich, seinen genialen Worten zu lauschen; für einen Moment das Licht seiner Augen einzufangen, eine vorübergehende Zuneigung zu empfinden, und dann aus der Wahnvorstellung zu erwachen, um wieder zu wissen, dass dies alles nichts war; ein Traum, ein Schatten, denn das dort war für mich keine Wirklichkeit. Mein Vater hatte mich für immer verlassen, er hinterließ mir nur Erinnerungen, die eine ewige Barriere zwischen mich und meine Mitgeschöpfe aufrichteten. Ich war in der Tat niemandes Gefährtin. Er, Woodville, trauerte um den Verlust seiner Braut. Andere weinten über die verschiedenen Formen des Elends, die sie besuchten. Aber mit meinem Schicksal waren Infamie und Schuld verbunden; unrechtmäßige und verabscheuungswürdige Leidenschaft hatte ihr Gift in meine Ohren fließen lassen und mein ganzes Blut verändert, so dass es nicht mehr der freundliche Strom war, der das Leben unterstützt, sondern eine kalte Fontäne der Bitterkeit, verdorben in ihrer Quelle selbst. Es musste ein Übermaß an Wahnsinn sein, der mich denken lassen konnte, dass ich jemals etwas anderes, als allein sein konnte, ausgestoßen von der Menschheit; ohne Verbundenheit zu Mann oder Frau; ein armes Wesen, das die Natur mit seinem Bann belegt hatte.

Manchmal sprach Woodville mit mir über sich selbst. Er berichtete kurz seine Geschichte von Glück und Leid und verweilte mit Leidenschaft bei seiner Liebe zu Elinor. „Sie war", sagte er, „die hellste Vision, die der Erde jemals zuteil wurde. Es gab etwas in ihrem offenen Gesicht, in ihrer Stimme und in jeder Bewegung ihrer anmutigen Gestalt, das mich überwältigte, als ob sie ein himmlisches Geschöpf wäre, süßer als ein Mann es jemals zuvor genossen hatte, das sich dazu herabließ, mit mir in Verkehr zu treten. Trauer flüchtete vor ihr; und ihr Lächeln schien einen Einfluss wie Licht zu besitzen, um alle geistige Dunkelheit zu erhellen. Es war nicht wie menschliche Schönheit, wie dieses sanfte Lächeln kam und ging; sondern wie ein Sonnenstrahl auf einem See, der mal leuchtend und mal verdunkelt war, und davonhuschte, bevor man ihn fangen und für immer in seinem Herzen einschließen konnte. Ich sah, wie dieses Lächeln für immer verschwand. Ach! Ich konnte nie glauben, dass es wirklich Elinor war, die starb, wenn sie nicht einmal, als ich zu ihr sprach, ihre fast umnachteten Augen erhoben hätte, und für einen Moment das Lächeln kam, unvergleichlich auf Erden, schöner als ein Sonnenstrahl, leichter, schneller als die Schwingen eines Vogels, blendender als der Blitz und gleich ihm die Nacht zum Tage machend, doch auch mild und leise; dann war es vergangen, und es gab ein Ende aller Freuden für mich."

So beherrschten sein Kümmernisse, oder ihre natürlichen Folgeerscheinungen, die größer, als sie eigentlich waren, in seinem Gedächtnis hafteten, unsere Gespräche, während ich meinen eigenen Kummer mit vorsichtiger Verschwiegenheit zurückhielt. Wenn er doch für einen Moment Neugier zeigte, senkte ich meinen Blick, meine Stimme erstarb, und mein offensichtliches Leiden ließen ihn schnell versuchen, die Gedanken zu verbannen, die er erweckt hatte; doch er mischte ständig Trost in seine Rede und versuchte, meine Verzweiflung durch Beweise von tiefem Mitgefühl und Mitleid zu lindern. „Wir sind beide unglücklich", sagte er zu mir. „Ich habe Ihnen meine melancholische Geschichte erzählt, und wir haben zusammen den Verlust dieses schönen Geistes beweint, der mich so grausam verlassen hat; aber Sie verstecken Ihren Kummer. Ich bitte Sie nicht darum, ihn zu offenbaren, aber sagen Sie mir, ob ich Sie nicht trösten kann. Es erscheint mir ein seltsames Abenteuer, in dieser Einöde jemanden wie Sie zu finden, in völliger Einsamkeit. Sie sind jung und schön. Ihre Sitten sind verfeinert und ansprechend. Doch es gibt Ihre beständige Melancholie und etwas, ich weiß nicht was, in Ihren ausdrucksfähigen Augen, das Sie von Ihrer Art zu trennen scheint. Sie schaudern; verzeihen Sie mir, ich flehe Sie an, aber ich kann nicht umhin, wenigstens einmal das lebhafte Interesse auszudrücken, das ich an Ihrem Schicksal habe.

Sie lächeln nie. Ihre Stimme ist leise, und Sie sprechen, als ob Sie sich vor ihrem leichten Geräusch fürchteten. Nie verschwindet auch nur für einen Moment der Ausdruck schrecklicher und intensiver Trauer von Ihrem Gesicht. Ich habe für immer die schönste Gefährtin verloren, die ein Mann je hätte besitzen können, die eher ein höheres Wesen gewesen zu sein scheint, das durch einen seltsamen Zufall unter uns irdischen Geschöpfen wandelte, als jemand von unserer Art. Doch ich lächle, und ich plaudere manchmal, ungeachtet des Verlustes, den ich erlitten habe. Aber Ihre traurige Miene ändert sich nie. Ihr Puls schlägt, und Sie atmen, doch scheinen Sie schon zu einer anderen Welt zu gehören; und manchmal, bitte verzeihen Sie meine ungebührlichen Gedanken, wenn Sie meine Hand berühren, bin ich überrascht, Ihre Hand warm zu finden, denn das Feuer des Lebens scheint in Ihnen erloschen zu sein.

Wenn ich Sie ansehe, die Tränen, die Sie vergießen, der sanfte, missbilligende Blick, mit dem Sie Nachfragen begegnen, das tiefe Mitgefühl, das Ihre Stimme ausdrückt, wenn ich von meiner geringeren Trauer spreche, erhöhen mein Interesse an Ihnen. Sie leben hier schutzlos. Sie haben sich selbst ausgestoßen aus unserer Mitte, und Sie verdorren auf dieser wilden Ebene, einsam und hilflos. Ein schreckliches Unglück muss Ihnen widerfahren sein. Wenden Sie sich nicht ab von mir. Ich bitte Sie nicht darum, es zu enthüllen. Ich flehe Sie nur an, mir zuzuhören und mit einer Stimme von Trost und Freundlichkeit vertraut zu werden. Wenn Mitleid und Bewunderung, und sanfte Zuneigung, Sie von der Verzweiflung entwöhnen können, lassen Sie mich es versuchen. Ich kann den Anblick Ihres tiefen Kummers nicht ertragen, ohne wenigstens zu versuchen, Ihnen glücklichere Gefühle wiederzugeben. Glätten Sie Ihre Stirn; entspannen Sie die strenge Melancholie Ihres Blickes. Erlauben Sie einen Freund, einen aufrichtigen, liebevollen Freund. Ich werde einer sein, um eine Entlastung, eine kurze Unterbrechung in Ihrem Leiden zu fördern.

Denken Sie nicht, dass ich in Ihr Vertrauen eindringen würde. Ich fordere nur Ihre Geduld. Schauen Sie nicht für immer traurig und sprechen Sie nicht so; sagen Sie nur ein Wort bitterer Klage, und ich werde es mit sanfter Ermahnung tadeln und auf Sie den Balsam von Mitleid fließen lassen. Sie dürfen mich nicht von der Gemeinschaft mit Ihnen ausschließen. Sagen Sie mir nicht, warum Sie betrübt sind, aber sagen Sie nur die Worte: ‚Ich bin unglücklich', und Sie werden sich erleichtert fühlen, als ob Sie, für einige Zeit von allem menschlichen Verkehr ausgeschlossen wie durch einen magischen Zauber, plötzlich wieder eintreten würden in die Helligkeit des menschlichen Mitgefühls. Ich flehe Sie darum an, an mein aufrichtiges Gelübde zu glauben und mich wie einen alten und bewährten Freund zu behandeln. Versprechen Sie mir, mich nie zu vergessen, nie grundlos zu verbannen; sondern versuchen Sie mich zu lieben, als jemanden, der seine ganze Energie dafür aufwenden wird, Sie glücklich zu machen. Geben Sie mir den Namen Freund; ich werde dessen Pflichten erfüllen. Und wenn sich für einen Moment Klage und Trauer zu Worten formen, lassen Sie mich in Ihrer Nähe sein, damit ich Ihrer aufgewühlten Seele Frieden bringe."

Ich wiederhole seine Überredungsversuche in unvollkommenen Ausdrücken und kann Ihnen nicht gleichzeitig den Tonfall und die Gestik wiedergeben, die sie belebten. Wie eine erfrischende Dusche auf einer trockenen Erde ließen sie mich wieder aufleben und führten mich dazu, obwohl ich ihre Ursache immer noch geheim hielt, meine bitteren Klagen hervorquellen zu lassen, und meinen Jammer in Worte von Galle und Feuer zu kleiden. Mit der ganzen Kraft verzweifelten Kummers sagte ich ihm, wie ich plötzlich vom Glück ins Elend gestürzt wurde; dass es für mich keine Freude, keine Hoffnung gab; dass der Tod, wie bitter er auch sei, das willkommene Siegel auf all meinen Qualen wäre; Gevatter Tod war für mich so schön wie die Liebe. Ich weiß nicht warum, aber ich fand es erfrischend, diese Worte menschlichen Ohren zukommen zu lassen; und obwohl ich allen Trost verhöhnte, war ich doch erfreut zu sehen, wie er mir dargeboten wurde, mit Sanftheit und Liebenswürdigkeit. Ich hörte still zu, und wenn er innehielt, quoll wieder mein Kummer in Ausdrücken hervor, die zeigten, dass meine Wunden viel zu tief waren für jedes Heilmittel.

Aber jetzt begann ich auch, die Früchte meiner vollständigen Einsamkeit zu ernten. Ich war für jeden menschlichen Verkehr ungeeignet geworden, sogar für den mit Woodville, dem sanftesten und mitfühlensten Geschöpf, das existierte. Ich war spitzfindig und unvernünftig geworden; mein Gemüt war zutiefst verdorben. Ich nannte ihn meinen Freund, aber ich beobachtete alles, was er tat, mit eifersüchtigen Augen. Wenn er mich zur vereinbarten Stunde nicht besuchte, war ich verärgert, sehr verärgert, und sagte ihm, dass, wenn er wirklich ein Interesse an mir hatte, es ein kaltes war, und für mich nicht geeignet sei, einem armen erschöpften Geschöpf, dessen tiefes Unglück nach mehr verlangte, als sein weltliches Herz geben konnte. Wenn ich einen Augenblick glaubte, dass seine Verhalten kalt war, sagte ich ihm mürrisch: „Ich hatte Frieden, bevor Sie kamen; warum haben Sie mich gestört? Sie haben in mir neue Bedürfnisse geweckt und jetzt spielen Sie mit mir, als ob mein Herz ganz wie das Ihre wäre, als ob ich nicht in Wahrheit ein geschorenes Lamm wäre, ausgesetzt auf einem freudlosen Hügel, von jedem Windstoß gequält. Ich wünschte mir keinen Freund, kein Mitgefühl, ich habe Sie gemieden, wie Sie wissen, aber Sie zwangen sich mir auf und weckten in mir jene Bedürfnisse, die Ihnen, wie Sie nun triumphierend sehen können, Macht über mich geben. Oh, tapfere Kraft des bitteren Nordwinds, der die Tränen einfrieren lässt, die zu vergießen er bewirkt hat! Aber ich kann das nicht ertragen; gehen Sie. Die Sonne wird auf- und untergehen, so wie es war, bevor Sie kamen, und ich werde unter den Kiefern sitzen oder umherwandern auf der Heide, weinend und klagend, und wünsche nicht, dass Sie es hören. Sie sind grausam, sehr grausam, mich, die aus jeder Pore blutet, auf diese grobe Weise zu behandeln."

Und dann, als ich sah, wie sich in Antwort auf meine gereizten Worte seine Miene in echtem Mitleid mit mir verzog, als ich ihn sah,

> Gli occhi drizzo ver me con quel sembiante
> Che madre fa sopra figliuol deliro,[38]

weinte ich und sagte: „Oh, verzeihen Sie mir! Sie sind gut und freundlich, aber ich bin nicht für das Leben tauglich. Warum bin ich verpflichtet, zu leben? Um mich Stunde um Stunde dahinzuschleppen, die Bäume ihre Zweige unruhig schwenken zu sehen, die Luft zu fühlen und zu leiden, bei alledem fühle ich schärfste Qual. Mein Körper ist stark, aber meine Seele sinkt unter dieser andauernden Qual des Lebens. Der Tod ist das Ziel, zu dem ich gelangen möchte, aber, ach! Ich sehe das Ende des Weges nicht einmal. Tun Sie es, mein mitfühlender Freund, sagen Sie mir, wie man friedlich und

---

[38] „Die Augen auf mich gewendet mit solch einem Blick / Wie eine Mutter auf ihr im Fieberwahn liegendes Kind wirft". Dante, Göttliche Komödie, *Das Paradies*, 1. Gesang, Vers 101-102.

unschuldig sterben kann, und ich werde Sie segnen. Alles, was ich arme Kreatur mir wünschen kann, ist ein schmerzloser Tod."

Aber Woodvilles Worte hatten einen Zauber in sich, und wenn er mit dem süßesten Mitleid begann, zog er mich nach und nach aus meiner Trauer hinaus, bis ich mich über meinen eigenen Egoismus wunderte. Aber dann verließ er mich und die Verzweiflung kehrte zurück; die Arbeit des Trostes musste immer aufs Neue begonnen werden. Ich wünschte oft seine völlige Abwesenheit; denn ich stellte fest, dass ich aus den Wegen des Lebens hinausgewachsen war und das durch die lange Abgeschiedenheit, obwohl ich meinen gewohnten Kummer ertragen und den bitteren täglichen Schluck mit einem gewissen Gleichmut trinken konnte, ich doch für das kleinste neue Gefühl ungeeignet geworden war. Erwartung, Hoffnung, Zuneigung, alles war zu viel für mich. Ich wusste dies, aber zu anderen Zeiten war ich unvernünftig und tadelte ihn, der am untadeligsten war, und dachte gereizt, dass er, wenn seine sanfte Seele sanfter wäre, wenn seine intensive Zuneigung intensiver wäre, den Dämon aus meiner Seele vertreiben und mich menschlicher machen könnte. Ich bin, dachte ich, für ihn ein Trauerspiel; ein Charakter, den er spielen sehen will. Hin und wieder gibt er mir mein Stichwort, damit ich zu seinem Zweck einen Dialog mehr aufführen kann. Vielleicht plant er schon ein Gedicht, in dem ich eine Rolle spielen soll. Ich bin eine Farce und ein Spiel für ihn, aber für mich ist dies alles eintönige Realität. Er nimmt den ganzen Gewinn, und ich trage die ganze Bürde.

Kapitel XI

Es ist ein seltsamer Umstand, aber es passiert oft, dass Segnungen sich bei ihrer Verwendung zu Flüchen wandeln; und dass ich, die sich in ihrer Einsamkeit Zuneigung gewünscht hatte, als die einzige Erleichterung, die ich genießen konnte, sie jetzt als eine zusätzliche Qual für mich empfand. Während der Lebenszeit meines Vaters war ich immer von einer liebevollen und nachsichtigen Art gewesen, aber, ach, seit jenen Tagen der Freude hatte ich mich sehr verändert. Ich war arrogant, gereizt und vor allem misstrauisch geworden. Obwohl das wirklich Interessante meiner Erzählung jetzt beendet ist und ich seine melancholische Katastrophe schnell zu Ende bringen sollte, werde ich doch ein Beispiel meines traurigen Misstrauens und meiner Verzweiflung berichten, und wie Woodville mit der Güte und fast der Kraft eines Engels meine rauen Gefühle beruhigte und mich zur Sanftheit zurückführte.

Er hatte versprochen, an einem Nachmittag einige Stunden mit mir zu verbringen, aber ein heftiger und ständiger Regen hinderte ihn daran. Ich war den ganzen Abend allein. Ich hatte zwei ganze Jahre klaglos allein verbracht, aber jetzt fühlte ich mich erbärmlich. Er konnte sich nicht wirklich um mich sorgen, dachte ich, denn wenn er es täte, hätte der Sturm ihn eher dazu gebracht zu kommen, selbst wenn ich ihn nicht erwartet hätte, als einen versprochenen Besuch zu verhindern. Er würde gut wissen, dass dieser trostlose Himmel und der düstere Regen meinen Verstand fast zum Wahnsinn treiben würden. Wenn das Wetter gut gewesen wäre, hätte ich seine Abwesenheit nicht so sehr bedauert, aber ich musste die Zeit notwendigerweise in diesem erbärmlichen Häuschen ohne Begleiter, außer meinen eigenen elenden Gedanken, still verbringen. Wenn er wirklich mein Freund wäre, hätte er all dies in Rechnung gestellt; und lassen Sie mich jetzt diese gerühmte Freundschaft in Rechnung stellen und ihren wirklichen Wert aufdecken. Er kam über seinen Kummer über Elinor hinweg, und das Landleben wurde zu ihm langweilig, so dass er froh war, jemanden wie mich zur Unterhaltung zu finden; und wenn er nicht weiß, was er sonst tun soll, verbringt er seine Mußestunden hier und nennt diese Freundschaft. Es ist wahr, dass seine Gegenwart ein Trost für mich ist, und dass seine Worte süß sind, und wenn er will, kann er Gedanken hervorfließen lassen, die über meine Verzweiflung obsiegen. Seine Worte sind süß; und wahrlich, so ist der Honig der Biene, aber die Biene hat einen Stachel, und Lieblosigkeit ist ein schlimmerer Schmerz als der, den man vom Gift eines Insekts empfängt. Ich werde ihn auf die Probe stellen. Er sagt, dass alle Hoffnung tot für ihn ist, und ich weiß, dass sie tot für mich ist, so dass wir beide für den Tod bereit sind. Lassen Sie mich sehen, ob er mit mir sterben will; und wenn ich fürchte, allein zu sterben, ob er mich begleiten wird, um mich aufzumuntern, und er so zeigen kann, dass er mein Freund ist, auf die einzige Art, die mein Elend erlauben wird.

Es war Wahnsinn, glaube ich, aber ich beschäftigte mich so sehr mit diesem Gedanken, dass ich an nichts anderes mehr denken konnte. Wenn er mit mir in den Tod geht, ist es gut, und es gibt ein Ende von zwei traurigen Wesen; und wenn er es nicht tut, dann spotte ich über seine Freundschaft und trinke das Gift vor seinen Augen, um seiner Feigheit Schande zu machen. Ich plante die ganze Szene mit ernsthaftem Herzen, und meine Seele setzte ungestüm auf dieses Vorhaben. Ich beschaffte Laudanum[39] und stellte es, in zwei Gläser gefüllt, auf den Tisch, schmückte mein Zimmer mit Blumen und dekorierte die letzte Szene meiner Tragödie mit der größten Sorgfalt. Als die Stunde seine Ankunft bevorstand, wurde mein Herz milde gestimmt und ich weinte; nicht dass ich meinen Plan aufgab, aber sogar wenn er entschlossen ist, muss der Verstand mehrere Umwälzungen der Gefühle erleben, bevor er seinen Tod trinken kann.

Jetzt war alles bereit, und Woodville kam. Ich empfing ihn an der Tür meines Häuschens und führte ihn feierlich ins Zimmer. Dann sagte ich: „Mein Freund, ich möchte sterben. Ich bin es ziemlich müde, das Elend zu ertragen, welches ich stündlich erdulde, und ich will es abwerfen. Welcher Sklave will nicht, wenn er kann, aus seinen Ketten entkommen? Sehen Sie, ich weine. Seit mehr als zwei Jahren habe ich nie einen Moment ohne Qual erlebt. Ich wollte oft sterben; aber ich bin ein ziemlicher Feigling. Es ist schwer für eine junge Frau, die einst so glücklich gewesen war wie ich, freiwillig alle Gefühle aufzugeben und allein zum eintönigen Grab zu gehen. Ich wage es nicht. Ich muss sterben, doch meine Furcht lässt mich frösteln. Ich halte inne und schaudere, und erdulde dann wieder für Monate mein Übermaß an Erbärmlichkeit. Aber jetzt ist die Zeit kommen, da ich das

---

[39] Eine Opiumtinktur, die im 19. Jh. als Beruhigungsmittel und zur Heilung von Erkältungen und Koliken eingesetzt wurde.

Leben aufgeben kann, ich habe einen Freund, der sich nicht weigern wird, mich auf dieser dunklen Reise zu begleiten Dies ist meine Bitte: Aufrichtig flehe ich Sie an und bitte ich Sie, mit mir in den Tod zu gehen. Dann werden wir Elinor und das finden, was ich verloren habe. Schauen Sie, ich bin vorbereitet; es gibt den Todestrunk, lassen Sie ihn uns zusammen und bereitwillig trinken, und diesen verhassten Trott des täglichen Lebens freudig aufgeben.

Sie wenden sich ab von mir. Doch, bevor Sie meine Bitte abschlagen, überlegen Sie, Woodville, wie süß es wäre, die Last von Tränen und das Elend abzuwerfen, unter denen wir jetzt leiden. Und wir werden bestimmt Licht finden, nachdem wir das dunkle Tal durchwandert haben. Dieses Getränk stürzt uns in einen süßen Schlummer, und wenn wir erwachen, welche Freude wird es sein, all unsere Trauer und Ängste vergangen zu finden. *Ein wenig Geduld und alles wird vorbei sein*,[40] gewiss, eine klein wenig Geduld; denn siehe, es gibt den Schlüssel zu unserem Gefängnis. Wir halten ihn in unseren Händen, und sind wir mehr erniedrigt als Sklaven, ihn wegzuwerfen und uns in unserer freiwilligen Knechtschaft zu ergeben? Sogar jetzt, wenn wir Mut hätten, könnten wir frei sein. Sehen Sie, meine Wange ist vor Freude errötet über die Vorstellung des Todes; alle, die wir liebten, sind tot. Kommen Sie, geben Sie mir Ihre Hand, ein Blick der freudigen Zuneigung, und wir gehen zusammen und suchen sie. Eine beruhigende Reise, wo unsere Ankunft Glück bringt,

---

[40] Die letzten Worte der Mutter von Mary Wollstonecraft (1759-1797, Mary Shelleys Mutter), auf die oft in den Schriften der Wollstonecraft angespielt wird; siehe William Godwin: *Memoirs of the Author of A Vindication of the Rights of Woman* (1798); in: *The Collected Novels and Memoirs of William Godwin*, Band 1, hrsg. von Mark Philp, London 1992; S. 94.

und unser Erwachen das von Engeln sein wird. Sie zögern? Sind Sie ein Feigling, Woodville? Oh, pfui! Legen Sie diesen leeren Blick menschlicher Melancholie ab. Oh! Wenn ich nur die Worte fände, um die Fülle des Todes auszudrücken, damit ich Sie für mich gewinnen könnte. Ich sage Ihnen, dass wir nicht länger traurige Sterbliche sind; wir sind im Begriff, Götter zu werden; Geister, frei und glücklich wie Götter. Welcher Narr an einer freudlosen Küste, der auf der anderen Seite eine blumige Insel mit seiner verlorenen Liebe sieht, die ihm zuwinkt, würde zögern, nur weil die Wellen dunkel und verworren sind?

Was ist, wenn der Übergang etwas kurzen Schmerz hat
Der das schwache Fleisch die bittere Welle fürchten lässt?
Ist kurzer Schmerz nicht gut zu ertragen, der lange Muße bringt,
Und die Seele zum Schlaf in ein stilles Grab legt?[41]

Achten Sie auf meine Worte. Ich habe die Sprache der Verzweiflung gelernt. Ich kenne sie auswendig, denn ich bin die Verzweiflung; und ein seltsames Wesen bin ich, freudige, triumphierende Verzweiflung. Aber jene Worte sind falsch, denn die Wellen mögen dunkel seien, aber sie sind nicht

---

[41] „What if some little payne the passage have / That makes frayle flesh to fear the bitter wave? / Is not short payne well borne that brings long ease, / And lays the soul to sleep in quiet grave?" Spenser, *Faerie Queene,* Book I, Canto IX, Vers 40; Der Ritter vom Roten Kreuz oder Ritter der Heiligkeit (das Rote Kreuz ist das Symbol des Hl. Georg, dem Schutzpatron Englands), gerät in Versuchung, sich aus Verzweiflung selbst zu töten, bevor er durch Una (lat.: die Eine; Sinnbild der Wahrheit oder der wahren Religion) gerettet wird.

bitter. Wir legen uns nieder und schließen unsere Augen mit einem sanften ‚Gute Nacht', und, wenn wir erwachen, sind wir frei. Komm nun, kein Zögern mehr, du Säumiger! Erblicke den angenehmen Trank! Schau, ich bin ein guter Geist, und nicht eine menschliche Maid, der dich einlädt und in gewinnendem Tonfall (oh, das er dich gewinnen würde!) sagt: Komm und trink."

Als ich sprach, richtete ich meine Augen auf sein Gesicht, und seine exquisite Schönheit, das himmlische Mitleid, das aus seinen Augen strahlte, sein sanfter, dennoch ernsthafter Blick voll Missbilligung und Verwunderung, riefen, bevor er noch sprach, eine Veränderung in meinen hochgespannten Gefühlen hervor, die die ganze Strenge der Verzweiflung von mir nahm, und mich nur noch mit dem sanftesten Kummer erfüllte. Ich sah, dass seine Augen auch feucht waren, als er meine beiden Hände in die seinen nahm. Er setzte sich zu mir und sagte:

„Dies ist eine traurige Tat, zu der Sie mich verführen wollen, liebste Freundin, und der Kummer muss wirklich tief sein, der Sie mit diesen unglücklichen Gedanken erfüllen konnte. Sie sehnen sich nach dem Tod und doch fürchten Sie ihn und wünschen, dass ich Ihr Begleiter bin. Aber ich habe weniger Mut als Sie, und trotz solcher Begleitung wage ich nicht zu sterben. Hören Sie mir zu und dann überlegen Sie, ob Sie mich für Ihren Plan gewinnen wollen, selbst wenn Sie mit der herrischen Eloquenz der Verzweiflung den schwarzen Tod so einladend machen könnten, dass der heitere Himmel dagegen als Dunkelheit erscheinen würde. Hören Sie, ich flehe Sie an, die Worte von jemanden an, der selbst verzweifelte Gedanken genährt hat, und sich mit ungeduldiger Begierde nach dem Tode sehnte, der aber schließlich das Phantom unter seinen Füssen zertrampelt und seinen Stachel zerquetscht hat. Kommen Sie, da Sie die Verzweiflung für mich gespielt haben, spiele ich die Rolle der Una für Sie und bringe Sie unbeschadet aus ihrer dunklen Höhle. Hören Sie mir zu und lassen Sie sich von Worten besänftigen, in denen keine egoistische Leidenschaft steckt.

Wir wissen nicht, was diese ganze weite Welt bedeutet; seine seltsame Mischung aus Gut und Böse. Aber wir sind hier hineingestellt worden und gehalten, zu leben und zu hoffen. Ich weiß nicht, was wir hoffen sollen; aber es gibt etwas Gutes jenseits von uns, das wir suchen müssen; und das ist unsere irdische Aufgabe. Wenn Unglück über uns kommt, müssen wir dagegen ankämpfen; wir müssen es beiseiteschieben und immer noch weitergehen, um herauszufinden, was die Natur unserer Wünsche ist. Ob diese Aussicht zukünftigen Wohls die Vorbereitung auf eine andere Existenz ist, weiß ich nicht; oder ob es lediglich so ist, dass wir als Arbeiter im Weinberg Gottes helfen müssen, den Weg für unsere Nachwelt in Ordnung zu bringen. Wenn es wirklich so ist; wenn die jetzigen Anstrengungen der Tugendhaften dazu dienen, die künftigen Einwohner dieser schönen Welt glücklicher zu machen; wenn die Arbeit von jenen, die ihren Egoismus beiseite werfen und versuchen, die Wahrheit der Dinge zu erkennen, dazu dient, die Menschen von Zeitaltern, die jetzt weit entfernt sind, aber eines Tages kommen werden, von den Bürden zu befreien, unter denen die jetzt Lebenden stöhnen, und wie Sie bitterlich weinen; wenn sie sie nur von einer Sache befreien, die jetzt ein notwendiges Übel des Lebens ist; wahrlich, ich werde nicht zögern, sondern mit meiner ganzen Seele die Arbeit unterstützen. Von meiner Jugend an habe ich gesagt, dass ich tugendhaft sein werde. Ich werde mein Leben dem Wohl von anderen widmen. Ich werde mein Bestes tun, um das Böse auszurotten, und wenn der

Geist, der das Übel schützt, so die Umstände beeinflussen sollte, das ich durch meine Anstrengungen leiden muss, werde ich mich doch, solange es Hoffnung auf Erfolg gibt, und Hoffnung muss es immer geben, fröhlich für mein Aufgabe gürten.

Ich verfüge über gewisse geistige Kräfte; meine Landsleute halten viel von ihnen. Denken Sie, dass ich meine Saat in die unfruchtbare Luft säe und kein Ende finde in dem, was ich tue? Glauben Sie mir, ich verlasse das Leben nicht, bis die letzte Hoffnung aus meinem Busen gerissen ist, dass auf irgendeine Weise meine Arbeiten ein Glied in der Kette von Gold bilden könnten, mit der wir alle versuchen sollten, das Glück von seinem Thron über den Wolken, jetzt weit jenseits unser Reichweite, wegzuzerren, um die Erde mit uns zu bewohnen. Lassen Sie uns annehmen, dass Sokrates oder Shakespeare oder Rousseau von Verzweiflung ergriffen worden und in ihrer Jugend gestorben wären, als sie so jung waren, wie ich es bin;[42] meinen Sie nicht, dass wir und die ganze Welt um unermesslichen Fortschritt im Hinblick auf unsere guten Gefühle und unser Glück durch ihr vorzeitiges Ende gebracht worden wären? Ich bin nicht wie einer von ihnen; sie beeinflussten Millionen. Aber wenn ich nur hundert, nur zehn, nur eine einsame Person beeinflussen könnte, sie in irgendeiner Weise vom Übel zum Wohl zu führen, das würde mir eine Freude sein, mir all mein Leid entlohnen, obwohl es eine Million mal multipliziert wurde; und diese Hoffnung hilft mir, es zu ertragen.

Und jene, die nicht gearbeitet haben für die Nachwelt; oder die zwar arbeiten, wie es in meinem Fall sein mag, aber

---

[42] Antike und moderne Philosophen: Sokrates (469-399 v.Chr.) und Jean-Jacques Rousseau (1712-1778).

unbekannt bleiben; auch sie, glauben Sie mir, haben ihre Pflichten. Sie trauern, weil Sie unglücklich sind; Sie suchen das Glück, aber Sie verzweifeln darüber, es zu erhalten. Aber wenn Sie einem anderen Glück erweisen könnten; wenn Sie einer anderen Person nur eine Stunde des Glücks geben könnten, sollten Sie nicht leben, um es zu tun? Und jedem steht es in seiner Macht, das zu tun. Die Bewohner dieser Welt erleiden so viel Schmerz. In überfüllten Städten, zwischen kultivierten Ebenen, oder auf den öden Bergen wird reichlich Schmerz gesät, und, wenn wir nur eine Pflanze dieses giftigen Unkrauts ausreißen könnten, oder mehr, wenn wir an seiner Stelle ein Samenkorn säen oder eine schöne Blume pflanzen könnten, lassen Sie das ein ausreichendes Motiv gegen den Selbstmord sein. Lassen Sie uns unsere Aufgabe nicht verlassen, während es noch die kleinste Hoffnung gibt, dass wir sie an einem künftigen Tag erfüllen können.

Wirklich, ich wage nicht zu sterben. Ich habe eine Mutter, deren Stütze und Hoffnung ich bin. Ich habe einen Freund, der mich wie sein Leben liebt, und in dessen Brust ich einen tödlichen Stachel senken würde, wenn ich ihn undankbar verließe. Also werde ich nicht sterben. Und Sie sollten es auch nicht, meine Freundin; nur Mut; hören Sie auf, zu weinen, ich flehe Sie an. Sind Sie nicht jung und schön und barmherzig? Warum sollten Sie verzweifeln? Oder wenn Sie es für sich selbst müssen, warum für andere? Wenn Sie nie glücklich sein können, können Sie nie Glück schenken. Oh, glauben Sie mir, wenn Sie auf Lippen, die vor Kummer blass waren, ein Lächeln von Freude und Dankbarkeit erblicken, und wissen, dass Sie die Ursache dieses Lächelns sind und dass es ohne Sie dieses Lächeln nie gegeben hätte, würden Sie ein Glück, so rein und warm fühlen, dass Sie immer wieder und wieder würden leben wollen, um dasselbe Vergnügen zu genießen.

Kommen Sie, ich sehe, dass Sie schon die traurigen Gedanken beiseitegeworfen haben, denen Sie zuvor rasend nachgaben. Schauen Sie in diesen Spiegel; als ich kam, war Ihre Stirn zusammengezogen, Ihre Augen tief eingesunken in Ihrem Kopf, Ihre Lippen bebten. Ihre Hände zitterten heftig, als ich sie ergriff; aber jetzt ist alles ruhig und weich. Sie sind betrübt und Ihre Miene drückt Kummer aus, aber er ist sanft und süß. Erlauben Sie mir, dieses verfluchte Getränk wegzuwerfen. Sie lächeln. Oh, beglückwünschen Sie mich, die Hoffnung triumphiert, und ich habe Gutes getan."

Die Worte sind schattenhaft, wenn ich sie wiederhole, aber in Wirklichkeit waren sie Worte des Feuers und erzeugten eine warme Hoffnung in mir (ich, traurige Närrin, hoffte!), die wie Vergnügen in meinen Venen prickelte. Er verließ mich nicht für viele Stunden; nicht, bis er den Funken vergrößert hatte, den er entzündet hatte, und mit einer Engelshand die Rückkehr eines Gefühls förderte, das so etwas wie Freude zu sein schien. Er verließ mich, aber ich war immer noch ruhig, und nachdem ich den Sternenhimmel und die taufeuchte Erde mit Augen der Liebe gegrüßt und eine Gute Nacht gewünscht hatte, schlief ich süß, besucht von Träumen des Vergnügens, die ersten seit vielen langen Monaten.

Aber dies war nur eine vorübergehende Erleichterung, und meine alten gewohnten Gefühle kehrten zurück, denn ich war dazu verdammt, mich zeitlebens zu grämen und zur natürlichen Trauer über den Tod meines Vaters und seiner schrecklichen Ursache fügte Einbildung ein zehnfaches Gewicht des Jammers hinzu. Ich glaubte, dass ich von der unnatürlichen Liebe verunreinigt war, die ich erweckt hatte, und dass ich ein von der Natur verfluchtes und ausgestoßenes

Geschöpf war. Ich dachte, dass ich wie ein neuer Kain ein Zeichen auf meiner Stirn hatte, um der Menschheit zu zeigen, dass es eine Barriere zwischen ihnen und mir gab.[43] Woodville hatte mir gesagt, dass es in meinem Gesicht ein Ausdruck gab, als ob ich einer anderen Welt angehörte; also hatte er dieses Zeichen gesehen. Und darin lag ein düsteres Mal, um der Welt zu sagen, dass es etwas in meiner Seele gab, das keine Stille ausreichend verschleiern konnte. Warum nur hat mich das Schicksal dazu gebracht, diese Geächtete des menschlichen Gefühls zu werden, dieses Monster, mit dem sich niemand in Konversation und Liebe einlassen mochte; warum hat es mich nicht von dem tödlichen und verwünschten Moment an in dichte Dünste gehüllt, und wirkliche Dunkelheit zwischen mich und meine Nächsten gestellt, so dass mich niemand mehr sehen könnte; und wenn ich vorbeiginge, wie eine finstere Wolke mit Pesthauch beladen, könnten sie mich nur durch die kalte Frische wahrnehmen, mit der ich sie streifen würde; auf dass sie sagen würden, wie wahr, etwas Unheiliges ist in der Nähe. Dann hätte ich unbehelligt auf dieser eintönigen Heide leben können und würde niemanden durch meinem ungeweihten Blick vertreiben. Ach! Ich glaube wahrlich, dass, wenn die nahe Aussicht auf den Tod meine bitteren Gefühle nicht abgestumpft und besänftigt hätte, wenn ich für einige Monate länger fortgefahren hätte zu leben, wie ich gelebt hatte, körperlich stark, aber meine Seele in ihrem Inneren von einem tödlichen Krebs zerfressen, wenn ich mich Tag um Tag ständig mit diesen schrecklichen Gefühlen befasst hätte, wäre ich verrückt geworden, und hätte mir vorgestellt, eine lebende Pest zu sein. So fürchterlich schien diese Gestalt, diese

---

[43] Anspielung auf AT, 1 Moses, 4, 15.

Stimme und dieses ganze erbärmliche Selbst für meine einsamen Gedanken zu sein; denn war es nicht die Quelle der Schuld gewesen, die nach einem Namen verlangt?

Das war Aberglaube. Ich war nicht so außer mir, als ich zum ersten Mal erkannt hatte, dass der heilige Name des Vaters zu einem Fluch für mich geworden war. Aber mein einsames Leben erweckte wilde Gedanken in mir; und dann, als ich Woodville traf, und er Tag für Tag mein Vertrauen zu gewinnen suchte, und ich nie wagte, meine dunkle Geschichte in Worte zu fassen, wurde ich immer stärker von der vernichtenden Furcht befallen, dass ich in Wahrheit eine gebrandmarkte Kreatur war, eine Paria, nur für den Tod geeignet.

Kapitel XII

$\mathcal{D}$a ich ständig von diesen Gedanken heimgesucht wurde, können Sie sich vorstellen, dass der Einfluss von Woodvilles Worten nur vorübergehend war; und dass ich, obwohl ich ihn nicht wieder wegen Lieblosigkeit anklagte, doch bald so unglücklich wurde wie zuvor. Bald nach diesem Vorfall trennten wir uns. Er hörte, dass seine Mutter krank war, und eilte zu ihr. Er kam, um Abschied von mir zu nehmen, und wir wanderten ein letztes Mal zusammen über die Heide. Er versprach, dass er wiederkommen und nach mir sehen würde; und er gebot mir, guten Mutes zu sein, und ermunterte mich, glückliche Gedanken zu haben, bis Zeit und innere Stärke mein Elend überwinden würden, und ich mich wieder in Gesellschaft begeben konnte.

„Über aller anderen Ermahnungen von meiner Seite", sagte er, „schätzen und befolgen Sie diese: Verzweifeln Sie nicht. Das ist ein höchst gefährlicher Schlund, auf den Sie ständig zutaumeln; aber Sie müssen Ihre Schritte beruhigen, und Hoffnung schöpfen, die Sie leiten soll. Hoffen Sie, und Ihre Wunden sind schon halb geheilt; aber wenn Sie hartnäckig verzweifeln, wird es nie mehr Trost für Sie geben. Glauben Sie mir, meine liebste Freundin, es gibt Freuden, die Sonne und Erde und all ihre Schönheiten schenken können, und die

Sie eines Tages fühlen werden. Das erfrischende Glück der Liebe wird Ihr Herz wieder besuchen und den Zauber lösen, der Sie an den Kummer bindet, bis Sie sich fragen, wie Ihre Augen in der langen Nacht, die Sie bedrückt hat, geschlossen sein konnten. Ich wage nicht zu hoffen, dass ich in Ihnen ausreichendes Interesse geweckt habe, dass meine Gedanken und die Zuneigung, die ich immer für Sie empfinden werde, Ihre Melancholie erweichen und die Bitterkeit Ihre Tränen mindern wird. Aber wenn meine Freundschaft Sie dazu bringen kann, auf das Leben mit weniger Ekel zu schauen, dann hüten Sie sich davor, es mit Verdächtigungen verletzen. Die Liebe ist ein zarter Kobold[44] und leicht verletzt durch grobe Eifersucht. Ich flehe Sie darum an, bewahren Sie eine feste Überzeugung von meiner Aufrichtigkeit im Innersten Ihres Herzens, außer Reichweite der gelegentlichen Winde, die seine Oberfläche trüben mögen. Ihr Wesen ist durch Ihr Leid aus dem Gleichgewicht geraten, und der Lauf Ihres Verstandes wird, wie ich befürchte, manchmal aus unwürdigen Gründen erschüttert; aber lassen Ihr Vertrauen zu meinem Mitgefühl und meiner Liebe weit tiefer sein, damit es nicht von diesen Erregungen erreicht wird, die kommen und gehen, und, wenn sie Ihre Zuneigung nicht berühren, Sie unversehrt zurücklassen."

Dies waren einige von Woodvilles letzten Unterweisungen. Ich weinte, als ich ihm zuhörte; und, nachdem wir liebevoll voneinander Abschied genommen hatten, folgte ich ihm weit mit meinen Augen, bis ich den letzten meiner irdischen Tröster verschwinden sah. Ich hatte darauf bestanden, ihn über die Heide in Richtung der Stadt zu begleiten, in der er lebte. Die Sonne war noch hoch, als er mich verließ und ich

---

[44] Vgl. Percy B. Shelley: *Prometheus Unbound*, 3. Akt, 4. Szene, Vers 6.

meine Schritte in Richtung meines Häuschens wandte. Es war Ende September, wenn die Nächte frostig werden. Aber das Wetter war heiter und, während ich ging, fiel ich in nicht unangenehme Tagträume. Ich dachte mit Dankbarkeit und Freundlichkeit an Woodville und bedauerte seine Abreise, ich weiß nicht warum, ohne Bitterkeit. Es schien, dass nach einem großen Schock alle weitere Veränderung trivial für mich war. Ich ging weiter und fragte mich, wann die Zeit kommen würde, zu der wir uns alle vier, mein liebster Vaters mir zurückgegeben, in irgendeinem süßen Paradies treffen würden, das ich mir wie einen schönen Fluss vorstellte, wie der, an dessen Ufern, wie von Dante beschrieben, Matelda Blumen sammelt, der immer fließt

— bruna, bruna,
Sotto l'ombra perpetua, che mai
Raggiar non lascia sole ivi, nè luna.[45]

Und dann wiederholte ich für mich all diese schönen Passagen, die vom Eintritt Dantes ins irdische Paradies berichten; und dachte, wie süß es wäre, wenn ich an jenem lieblichen Ufer umherliefe, um zu sehen, wie der Wagen des Lichts mit meinem lange verlorenen Elternteil hinabsteigt, um mir zurückgegeben zu werden.[46] Wie ich dort in Erwartung dieses Moments wartete, stellte ich mir vor, wie ich mir von

---

[45] „[...] ganz dunkel / Unter dem ewigen Schatten, der niemals / Sonne oder Mond daselbst strahlen lässt." Dante, Göttliche Komödie, *Das Fegefeuer*, 28. Gesang, Zeile 31-33.

[46] Anspielung auf Dante, Göttliche Komödie, *Das Fegefeuer*, 28.-29. Gesang (der Abstieg von Beatrices Triumphwagen wird im 29. Gesang, Vers 102-150, beschrieben).

den schönen Blumen, die dort wuchsen, Kranz und Krone zu meiner Freude flechten würde. Ich würde *sul margine d'rio*[47] singen, meines Vaters bevorzugtes Lied, und meine Stimme, durch die windstille Luft gleitend, würde ihm ankündigen, in welcher Laube auch immer er saß und den Moment unserer Vereinigung erwartete, dass seine Tochter kommt. Dann würde das Zeichen des Elends von meiner Stirn verblassen, und ich würde meine Augen furchtlos erheben, um die seinen zu treffen, die für immer in dem weichen Glanz unschuldiger Liebe strahlten. Als ich über das zauberhafte Aussehen jener tiefen Augen nachdachte, weinte ich, aber behutsam, damit meine Schluchzer die Feenszene nicht stören sollten.

Ich war so vertieft in diesen Tagtraum, dass ich weiterlief, ohne auf meine Schritte zu achten, bis ich mich tatsächlich bückte, um eine Blume für meinen Kranz auf dieser freudlosen Ebene aufsammeln, auf der keine Blume wuchs. Ich erwachte aus meinem Traum und stellte fest, dass ich nicht wusste, wo ich war.

Die Sonne war untergegangen, und der rosenrote Farbton, den die Wolken von ihr in ihrem Abstieg eingefangen hatten, hatte sich beinahe gelegt. Ein Wind fegte über die Ebene, ich sah mich um und sah keine Landmarke, die mir sagte, wo ich war. Ich hatte mich verirrt, und versuchte vergeblich, einen Pfad zu finden. Ich lief weiter, und die hereinbrechende Dunkelheit machte jede Spur undeutlich, von der ich hätte geleitet werden können. Schließlich war alles verhüllt von der tiefen Dunkelheit der schwärzesten Nacht. Ich wurde müde und da ich wusste, dass meine Dienerin in dieser Nacht im Nachbardorf schlafen würde, so dass meine Abwesenheit

---

[47] Lied: „Am Rande eines Baches" (Verfasser unbekannt), veröffentlicht ca. 1800 von Robert Birchall.

niemanden beunruhigen würde, und dass ich an diesem wilden Ort vor jedem Eindringling sicher war, beschloss ich, die Nacht dort zu verbringen, wo ich war. In Wirklichkeit war ich zu müde, um weiter zu gehen. Die Luft war frostig, aber ich war sorglos wegen der körperlichem Unannehmlichkeiten, und ich dachte daran, dass ich in den zwei Jahren meiner Einsamkeit gut gegen das Wetter abgehärtet wurde, als kein Wechsel der Jahreszeiten meine ständigen Wanderungen verhindern konnte.

Ich lag auf dem Gras, von einer Dunkelheit umgeben, in die nicht der winzigste Lichtstrahl eindrang. Es gab kein Geräusch, denn die tiefe Nacht hatte die Insekten in den Schlaf gelegt, die einzigen Geschöpfe, die an diesem einsamen Ort lebten, wo kein Baum oder Busch Unterschlupf für irgendetwas sonst bieten konnte. Es war eine wundersame Stille in der Luft, die meine Sinne beruhigte, doch die meine Seele belebte; mein Verstand eilte von Bild zu Bild und schien nach der Ewigkeit zu greifen. Alles in meinem Herzen war schattenhaft, doch still, bis meine Gedanken sich verwirrten und schließlich in Schlaf übergingen.

Als ich erwachte, regnete es.[48] Ich war schon ziemlich nass, und meine Glieder waren steif und mein Kopf schwindlig von der Frische der Nacht. Es war ein nieselnder, durchdringender Schauer; mein feuchtes Haar hing an meinem Hals und bedeckte teilweise mein Gesicht, so dass ich kaum die Kraft hatte, mit meinen Fingern die schmalen langen Locken zu teilen, die vor meine Augen gefallen waren. Die Dunkelheit hatte sich aufgelöst, und im Osten, wo die Wolken am

---

[48] Anspielung auf das Gedicht *The Rime of the Ancient Mariner*, Part V, Vers 300; in: Coleridge, *Collected Works*, S. 394/395 (siehe Fußnote 25).

wenigsten dicht waren, war der Mond hinter einer dünnen grauen Wolke sichtbar:

> Der Mond ist da hinten und voll
> und doch sieht er klein und trist aus.[49]

Seine Gegenwart gab mir die Hoffnung, dass ich mit seiner Hilfe mein Haus finden könnte. Aber ich war schwach und viele Stunden vergingen, bevor ich das Häuschen erreichte, denn ich kam nur schleppend voran, mit langsamen Schritten, und machte oft Rast auf der nassen Erde, außerstande weiterzugehen.

Ich kennzeichne besonders diese Nacht, denn es war diese, die den letzten Akt meiner Tragödie beschleunigt hat, die sich sonst durch lange Jahre lustloser Trauer weiter hätte dahinziehen können. Ich war sehr krank, als ich ankam, und unfähig, die nasse Kleidung auszuziehen, die an mir hing. Am Morgen, nach ihrer Rückkehr, fand meine Dienerin mich fast leblos auf dem Boden meines Zimmers liegend, während ich von hohem Fieber befallen war.

Ich war lange Zeit sehr krank, und als ich mich von der unmittelbaren Gefahr des Fiebers erholt hatte, zeigten sich die Symptome eines raschen Verfalls. Ich war mir darüber einige Zeit im Unklaren und dachte, dass meine übermäßige Schwäche die Folge des Fiebers war. Aber meine Kräfte wurden schwächer und schwächer. Als der Winter kam, hatte ich einen Husten, und meine eingesunkenen Wangen, zuvor blass, glühten in einem hektischen Fieber. Eines nach dem

---

[49] „The moon is behind, and at the full / And yet she looks both small and dull.“ Gedicht *Christabel* (1798), Part I, Vers 18-19; in: Coleridge, *Collected Works*, S. 483/484 (siehe Fußnote 25).

anderen befielen mich diese Symptome; und ich war überzeugt davon, dass der Moment, den ich so sehr ersehnt hatte, kommen und ich sterben würde. Ich saß am Feuer. Der Arzt, der mich seit Beginn meines Fiebers behandelte, hatte mich eben verlassen, und ich sah sein Rezept an, in dem Digitalis[50] die auffälligste Medizin war. „Ja", sagte ich, „ich sehe, wie es ist, und es ist seltsam, dass ich mich so lange habe täuschen lassen. Ich bin im Begriff, einen unschuldigen Tod zu sterben, und er wird sogar süßer sein als der, den das Opium versprach."

Ich erhob mich und ging langsam zum Fenster. Die weite Heide war von Schnee bedeckt, der unter den Strahlen der Sonne funkelte, die glänzend in der reinen, frostigen Luft hing. Einige Vögel pickten an Brosamen unter meinem Fenster. Ich lächelte mit ruhiger Freude; und in meinen Gedanken, die sich durch lange Gewohnheit stets von selbst zu einem Zug verbinden, als ob ich sie in Worte gieße, sprach ich die Szene vor mir auf diese Art an:

„Ich grüße dich, schöne Sonne, und dich, weiße Erde, schön und kalt! Vielleicht werde ich dich nie wieder mit Grün bedeckt sehen, und die süßen Blumen des kommenden Frühjahrs werden auf meinem Grab blühen. Ich bin im Begriff, dich zu verlassen; bald wird dieser lebendige Geist, der sich immer mit seltsamen Entwürfen und Gedanken beschäftigt hat, die nicht die deinen waren, bald wird er zu anderen Regionen geflogen sein, und dieser ausgezehrte Körper wird gefühllos in deinem Busen rasten,

Herumgerollt auf dem täglichen Kurs der Erde

---

[50] Medikament, hergestellt aus dem Fingerhut, das den Herzschlag verlangsamt.

Mit Felsen und Steinen und Bäumen.[51]

Denn es wird das gleiche mit dir sein, die du unsere Universalmutter genannt wirst, wenn ich gegangen bin. Ich habe dich geliebt; und in meinen Tagen sowohl des Glücks als auch der Trauer, habe ich deine Einsamkeit mit wilden Phantasien meiner eigenen Schöpfung bevölkert. Die Wälder, Seen und Berge, die ich geliebt habe, tragen für mich tausend Erinnerungen; und du, oh, Sonne, hast darauf gelächelt, und trugst deinen Teil bei in vielen Vorstellungen, die in meiner Seele allein ins Leben sprangen, und die mit mir sterben werden. Deine Einsamkeit, süßes Land, deine Bäume und deine Wasser werden immer noch existieren, bewegt von deinen Winden, oder still unter dem Mittagsauge, auch wenn das, was ich beim Gedanken an dich empfunden habe, und all meine Träume, die dich oft sonderbar deformiert haben, mit mir sterben werden. Du wirst existieren, um andere Bilder in anderen Hirnen wiederzuspiegeln, und wirst immer so bleiben, obwohl deine reflektierte Gestalt auf tausend Weisen variiert, wechselhaft, wie die Herzen von jenen, die dich betrachten. Einer dieser zerbrechlichen Spiegel, der dein Bild immer abgöttisch liebte, ist im Begriff, zerbrochen zu werden, zu Staub zu zerfallen. Aber die ewig wimmelnde Natur wird einen anderen und immer noch einen anderen schaffen, und du wirst nichts verlieren durch mein Ende.

Du wirst immer die gleiche sein. Empfange nun denn den dankbaren Abschied von einem flüchtigen Schatten, der im Begriff ist zu verschwinden, der dich freudig verlässt, doch

---

[51] „Rolled round in earth's diurnal course / With rocks, and stones, and trees"; Lied „*A slumber did my spirit seal*", Zeile 7-8; in: Wordsworth, *Lyrical Ballads,* Seite 164 (siehe Fußnote 3).

mit einem letzten Blick liebevoller Dankbarkeit. Lebwohl! Dem Himmel, den Feldern und Wäldern, den schönen Blumen, die auf dir wachsen, deinen Bergen und Flüssen, der balsamischen Luft und dem starken Nordwind, allem ein letztes Lebwohl. Ich werde keine weiteren Tränen vergießen, denn meine Aufgabe ist fast erfüllt, und ich bin im Begriff, für mein langes und schweres Leiden belohnt zu werden. Segne dein Kind auch im Tod, wie ich dich segne; und lass mich in Frieden in meinem stillen Grab schlafen."

Ich glaube, dass der Tod nahe ist, und ich bin ruhig. Ich verzweifle nicht mehr, sondern ich schaue auf alles um mich herum mit gelassener Zuneigung. Ich finde es süß, den zunehmenden Zerfall meiner Kräfte zu beobachten und mir wiederholt zu sagen, noch ein Tag und noch einer, aber ich werde die roten Blätter des Herbstes nicht wiedersehen; vor dieser Zeit werde ich bei meinem Vater sein. Ich bin froh, dass Woodville nicht bei mir ist, denn vielleicht würde er um mich trauern, und ich will nur lächelnde Gesichter während der letzten Augenblicke meines Lebens sehen. Als ich ihm zuletzt schrieb, erzählte ich ihm von meiner schlechten Gesundheit, aber nicht von ihrer tödlichen Tendenz, damit er nicht glauben sollte, es wäre seine Pflicht, zu mir zu kommen, denn ich befürchte, dass die Tränen der Freundschaft die gesegnete Stille meines Verstandes zerstören würden. Ich habe Vergnügen daran, all die kleinen Details zu arrangieren, die getan werden müssen, wenn ich nicht mehr bin. In Wahrheit bin ich in den Tod verliebt; kein Mädchen hatte jemals mehr Vergnügen daran, über ihre Brautkleidung nachzudenken als ich, die sich ihre Glieder schon in ihr Leichentuch eingehüllt vorstellt; ist es nicht mein Hochzeitskleid? Es allein vereint mich mit meinem Vater, wenn wir in einer ewigen geistigen Gemeinschaft zusammenfinden und nie mehr getrennt sein werden.

Ich werde nicht bei den Veränderungen verweilen, die ich im letzten natürlichen Zerfall fühle. Es geht rasch, aber ohne Schmerz. Ich fühle ein seltsames Vergnügen dabei. Seit langen Jahren sind dies die ersten Tage des Friedens für mich. Ich erschöpfe mein erbärmliches Herz nicht mehr durch bittere Tränen und verzweifelte Klagen. Ich machte der Sonne, der Erde, der Luft keine Vorwürfe mehr wegen des Schmerzes und des Elends. Ich bin in ruhiger Erwartung der zugemessenen Stunden eines Lebens, das zu mir höchst süß und bitter gewesen ist. Ich sterbe nicht, ohne das Leben nicht genossen zu haben; sechzehn Jahre lang war ich recht glücklich. In den ersten Monaten der Rückkehr meines Vaters hatte ich Zeiten des Vergnügens genossen. Nun in der Tat werde ich im Kummer alt; meine Schritte sind schwach wie jene des Alters. Ich bin gereizt und für das Leben ungeeignet geworden. Nachdem ich ein wenig mehr als zwanzig Jahre auf der Erde verbracht habe, bin ich für mein enges Grab bereiter, als es viele sind, die das natürliche Ende ihres Lebens erreicht haben.

Wieder und wieder habe ich in meiner Erinnerung die verschiedenen Szenen meines kurzen Lebens vorbeiziehen lassen. Wenn die Welt eine Bühne ist und ich lediglich eine Schauspielerin auf ihr, ist meine Rolle seltsam gewesen, und, ach, tragisch. Fast von frühester Kindheit an wurde ich um all die Bezeugungen der Zuneigung gebracht, die Kinder im allgemeinen erhalten. Ich war vollständig auf mich selbst beschränkt, und ich genoss, was ich fast unnatürliche Freuden nennen mag, denn es waren Träume und nicht Realitäten. Die

Erde war für mich eine *Laterna magica*[52] und ich ein Zuschauer und Zuhörer, aber kein Darsteller; aber dann kam die freudige und meine Seele wiederbelebende Ära meiner Existenz. Mein Vater kehrte zurück, und ich konnte meine warme Zuneigung in ein menschliches Herz fließen lassen. Es gab eine neue Sonne und eine neue Erde, erschaffen für mich; die Wasser des Daseins funkelten. Freude! Freude! Aber, ach! Welch Kummer! Mein Glück war rascher vorbei als das Fortschreiten eines Sonnenstrahls auf einem Berg, der seine Lichtungen und Wälder offenbart und sie dann in tiefer Dunkelheit zurücklässt; auf mein Glück folgten Wahnsinn und Qual, beendet von Verzweiflung.

Dies war das Drama meines Lebens, das ich jetzt zu Papier gebracht habe. Drei Monaten lang bin ich mit dieser Aufgabe beschäftigt gewesen. Die Erinnerung an Kummer hat Tränen gebracht; die Erinnerung an Glück ein warmes Glühen, der lebhafte Schatten dieser Freude. Jetzt sind meine Tränen getrocknet; das Glühen ist von meinen Wangen verschwunden und mit einigen Worten des Abschieds an Sie, Woodville, schließe ich meine Arbeit; die letzte, die ich durchführen werde.

Leben Sie wohl, mein einziger lebender Freund. Sie sind das einzige Band, das mich an das Dasein bindet, und jetzt zerreiße ich es. Es bereitet mir keinen Schmerz, Sie zu verlassen; auch Ihnen kann unsere Trennung nicht viel bedeuten. Sie betrachteten mich nie als jemanden von dieser Welt, sondern lieber als ein Wesen, das wegen irgendeiner Buße aus dem Königreich der Schatten verbannt worden war, und das einige Tage weinend auf der Erde verbrachte und sich

---

[52] Lat.: „Zauberlaterne"; Mitte des 17. Jh. erfundener einfacher Projektionsapparat für Glasdiapositive.

danach sehnte, zu seiner heimischen Erde zurückzukehren. Sie werden weinen, aber es werden Tränen der Zärtlichkeit sein. Ich würde, wenn ich glaubte, dass es Ihr Bedauern verringern würde, Sie auffordern, zu lächeln und mich zu beglückwünschen, zu meiner Abreise aus dem Elend, das Sie mich erdulden sahen. Ich würde sagen: Woodville, freuen Sie sich mit Ihrer Freundin, ich triumphiere jetzt und bin glücklicher als je zuvor. Aber ich überprüfe diese Ausdrücke; diese können kein Trost für die Lebenden sein; sie weinen über ihr eigenes Elend und nicht über das eines Wesens, das sie verloren haben. Nein; vergießen Sie zu meinem Gedenken einige natürliche Tränen. Und, wenn Sie mein Grab jemals besuchen, pflücken Sie von dort eine Blume, und legen Sie sie an Ihr Herz; denn Ihr Herz ist das einzige Grab, worein mein Andenken bewahrt wird.

Mein Tod nähert sich rasch, und Sie sind nicht bei mir, um das Flattern und Dahinschwinden meines Geistes zu beobachten. Bedauern Sie das nicht; denn der Tod ist eine zu schreckliche Sache für die Lebenden. Er ist eine jener Nöte, die schmerzen, statt das Herz zu reinigen; denn er ist so ein intensives Elend, dass er die Gefühle verhärtet und abstumpft. Schrecklich war die Zeit, als ich meinem Vater in Richtung des Ozeans nachging und dort nur seine leblose Leiche fand; doch um meinetwillen zog ich dies vor, anstatt zuzusehen, wie nach und nach seine Sinne schwinden, sein Puls schwächer wird, und ruhelos zu sehen, wie sein Leben verschlungen wird; das Leben in seinen Gliedern zu sehen und zu wissen, dass es bald nicht mehr dort sein würde; zu sehen, wie der warme Atem von seinen Lippen strömt, und zu wissen, dass sie bald kalt wären - ich fahre nicht fort, dieses schreckliche Bild zu verfolgen. Sie haben diesen Dienst einmal durchlitten; ich musste es nie. Und die Erinnerung daran erfüllt Ihr Herz manchmal mit bitterer Verzweiflung, denn sonst hätten sich Ihre Gefühle in sanfter Trauer gelöst.

So werde ich Tag für Tag schwächer, und das Leben flackert in meiner schwindenden Gestalt wie eine Lampe, die im Begriff ist, ihr belebendes Öl zu verlieren. Ich erblicke nun die frohe Sonne des Mai. Es war im Mai vor vier Jahren, dass ich meinen teuren Vater zuerst sah; es war im Mai vor drei Jahren, dass meine Torheit das einzige Wesen vernichtete, das ich verdammt war, zu lieben. Der Mai kehrt zurück, und ich sterbe. Vor drei Tagen, dem Jahrestag unseres ersten Zusammentreffens, und, ach, unserer ewigen Trennung, wollte ich nach einem Tag mörderischer Gefühle noch einmal das Antlitz der Natur erblicken. Ich veranlasste, dass ich zu einigen Wiesen getragen wurde, einige Meilen von meinem Häuschen entfernt; das Gras war gemäht, und der Geruch des Heus hing in den Feldern; die ganze Erde sah frisch aus und seine Einwohner glücklich. Der Abend brach herein, und ich erblickte den Sonnenuntergang. Drei Jahre zuvor, an diesem Tag und zu dieser Stunde, schien er durch die Zweige und Blätter des Buchenwaldes, und seine Strahlen flackerten auf dem Gesicht von *ihm*, den ich damals zum letzten Mal erblickte. Ich sah, wie dieser göttliche Ball, der all die Wolken mit ungewohnter Pracht vergoldete, jetzt hinter den Horizont sank. Er verschwand aus einer Welt, wo *er*, den ich suchte, nicht existiert; er näherte sich einer Welt, wo *er* ebenfalls nicht existiert. Warum weine ich so bitterlich? Warum hebt sich mein Herz in dem vergeblichen Bemühen, die bittere Qual abzuwerfen, die sie bedeckt, „wie Wasser das Meer bedeckt."[53] Ich gehe aus dieser Welt, wo *er* nicht mehr ist, und ich werde *ihn* bald in einer anderen treffen.

---

[53] AT, Jesaja, 11, 9.

Leben Sie wohl, Woodville, der Rasen wird bald grün auf meinem Grab sein; und die Veilchen werden darauf blühen. *Dort* sind meine Hoffnung und meine Erwartung. Ihre sind in dieser Welt; mögen sie erfüllt werden.

ENDE

Nachwort

Die Autorin

Mary Wollstonecraft Godwin wurde am 30. August 1797 in London geboren, als Tochter der Frauenrechtlerin Mary Wollstonecraft und des Sozialphilosophen und Verlegers William Godwin. Ihre Mutter starb kurz nach ihrer Geburt, und sie wuchs im Hause ihres Vaters auf. Hier wurde sie früh mit der Welt der englischen Dichter und Philosophen des beginnenden neunzehnten Jahrhunderts vertraut gemacht. Bereits im Alter von elf Jahren schrieb sie ein Gedicht, *Mounseer Nongtongpaw*, dass in einem Kinderbuch im Verlag ihres Vaters veröffentlicht wurde.

Ihre Begegnung mit dem romantischen Dichter und Freidenker Percy B. Shelley mündete in einen gesellschaftlichen Skandal. Im Alter von sechzehn Jahren floh sie mit Shelley und ihrer Stiefschwester Claire Clairmont auf den Kontinent, eine Reise, die sie in ihrem Reisetagebuch *History of a Six Week Journey* (1817)[54] verarbeitet hat. Die Begegnungen mit berühmten Zeitgenossen, wie der

---

[54] Auf deutsch erschienen in: Mary W. Shelley/Percy B. Shelley: *Flucht aus England – Reiseerinnerungen und Briefe 1814-1816*. Aus dem Englischen übertragen und herausgegeben von Alexander Pechmann. Hamburg u.a. 2002.

145

geistreichen Madame de Staël, dem exzentrischen und skandalumwitterten Lord Byron oder Matthew Lewis, dem Autor des düsteren Schauerromans *The Monk* (1796), hinterließen bei ihr tiefe Eindrücke, die uns in ihrem schriftstellerischen Werk immer wieder begegnen. Erster sichtbarer Ausdruck davon war ihr erster Roman *Frankenstein or The Modern Prometheus*, den sie nach ihrer Rückkehr nach England zunächst anonym veröffentlichte (1818). Nachdem Shelleys erste Frau Selbstmord begangen hatte, heiratete sie ihn und ging mit ihm nach Italien, wo sie wieder Byron begegneten und sich in der kleinen Künstlerkolonie in Pisa ansiedelten, bis Shelley im Juli 1822 bei einem Bootsunglück ums Leben kam.

Mary Shelley kehrte nach England zurück und widmete sich ganz ihrem Sohn Percy Florence, der als einziges ihrer vier Kinder überlebt hatte. Da ihr stets verschuldeter Vater ihr keine Hilfe sein konnte, und Shelleys Vater Sir Timothy ihr wegen seiner überkommenen Moralvorstellungen nur einen schmalen Unterhalt zahlte, wurden die Honorare für ihre Romane und Erzählungen zu einer wichtigen Einnahmequelle für sie. In der Zeit zwischen 1823 und 1844 veröffentlichte sie fünf weitere Romane sowie über 30 Erzählungen, Reiseberichte, Rezensionen und Essays. Mary Shelley verstand sich auch immer als Hüterin des dichterischen Erbes ihres Mannes und brachte gegen den Widerstand von Sir Timothy eine Ausgabe der hinterlassenen Gedichte sowie später eine Gesamtausgabe seines Werkes heraus.

Nach dem Tod von Sir Timothy im Jahr 1844 konnte Percy Florence sein Erbe antreten, und Marys finanzielle Sorgen hatten ein Ende. Aus diesem Jahr stammt auch ihre letzte Veröffentlichung, die Reiseerinnerungen *Rambles in Italy and Germany*. Mary Shelley verbrachte ihre letzten Jahre zurückgezogen in ihrer Londoner Stadtwohnung. Sie starb am 1. Februar 1851 an einem Gehirntumor.

Die Novelle *Mathilda*

Mathilda[55] ist Mary Shelleys zweites Prosawerk nach *Frankenstein* und ihre einzige vollendete Novelle. Der Rohentwurf trug den Titel *Fields of Fancy*, eine mögliche Anspielung auf ein unvollendetes Werk ihrer Mutter, *Caves of Fancy*. *Fields of Fancy* wurde in der Zeit zwischen dem 4. August und dem 12. September 1819 in Leghorn, Italien, geschrieben. Das lässt sich ihren Tagebucheintragungen entnehmen.[56] Die Reinschrift der Novelle trug den Arbeitstitel *Mathilda*, und sie wird daher auch unter diesem Namen geführt. Sie hatte einen stark vom Entwurf abweichenden Inhalt; nach einer Datierung am Beginn wurde sie wahrscheinlich am 9. November 1819 in Florenz abgeschlossen, unmittelbar vor der Geburt ihres vierten Kindes Percy Florence am 12. November 1819.

Mary begann mit der Arbeit an der Novelle kurz nach dem Tod ihres Sohnes William am 7. Juni 1819 und notierte später in ihrem Tagebuch: „Als ich Matilda schrieb, elend wie mir war, schaffte es die *Inspiration*, meinen Kummer zeitweise zu unterdrücken".[57] Vorbild für den Aufbau der Novelle war

---

[55] Der Name wird so in den Manuskripten von *Mathilda* und *The Fields of Fancy* buchstabiert; in den gedruckten Tagebüchern und in den Briefen taucht er dagegen als *Matilda* auf. Im Manuskript der Tagebücher jedoch erscheint er zuerst als *Matilda*, später als *Mathilda*.

[56] MWSJ, I, Seiten 294, 296, 308.

[57] MWSJ II, Seite 442.

Platons *Das Gastmahl* (*Symposium*). Das Thema des Inzests zwischen Geschwistern war ihr aus zwei Werken vertraut, Godwins *Mandeville: A Tale of the Seventeenth Century in England* (1817) und Shelleys Gedicht *The Revolt of Islam* (1818); im September 1818 hatte sie außerdem auf Shelleys Veranlassung hin mit der Übersetzung von Alfieris Oper *Myrrha*, die eine tragische inzestuöse Liebe zwischen Vater und Tochter beinhaltete, begonnen. Im Sommer 1819 dann hatte sie eine Handschrift aus dem sechzehnten Jahrhundert über die Geschichte von Beatrice Cenci, die einem väterlichen Inzest zum Opfer gefallen war, aus den Archiven des Palazzo Cenci in Rom kopiert und eine Übersetzung ins Englische vorgenommen; Shelley nutzte sie als Quelle für sein düsteres Vers-Drama *The Cenci*.

Mary gab das Manuskript einem befreundeten Ehepaar, John und Maria Gisborne, die es nach ihrer Rückkehr nach England im Mai 1820 William Godwin gaben, damit er es veröffentlichte. Doch Godwin machte keine Anstalten dazu, obwohl er Teile der Novelle hoch lobte; doch das Inzest-Thema war ihm zu heikel, es sei „anstößig und abscheulich" und es würde nach seiner Meinung nur zu Missverständnissen einladen. Über mehrere Jahre versuchte Mary, das Manuskript von ihrem Vater zurückzubekommen, doch sie hatte keinen Erfolg; es fand erst nach seinem Tod 1836 zwischen seinen Papieren. Mary nutzte die Gelegenheit zur Veröffentlichung nicht; die Zeit war darüber hinweggegangen. Die Handschriften sowohl des Rohentwurfs wie der Reinschrift gelangten dann neben anderen Dokumenten der Shelleys in die Abinger Collection der Bodleian Library in Oxford. Erst 1959 wurde die Novelle von der Anglistin Elizabeth Nitchie veröffentlicht.

In *Mathilda* geht um die Last der Schuld; der Vater ist schuldig, weil er seine Tochter begehrt; die Tochter ist schuldig, weil sie dieses Begehren ausgelöst hat. Die gesellschaftlichen Zwänge lassen eine Erlösung nicht zu, weder für den Vater, noch für die Tochter; auch die Lichtgestalt des Dichters Woodville, unschwer als ein idealisierter Shelley zu erkennen, kann sie nicht erreichen, die Schwere des Vergehens lässt noch nicht einmal eine Beichte zu. Mathilda geht ihren Weg in den Abgrund mit unwiderstehlicher Zwangsläufigkeit.

Vieles deutet darauf hin, dass Mary Shelley hier ihre tiefe Hoffnungslosigkeit verarbeitet hat, die sie im Herbst 1819 erfasst hatte. Drei Kinder hatte sie schon verloren, zwei davon kurz hintereinander, und nun erwartete sie das vierte; ihre übergroße Verzweiflung belastete die ohnehin schon angespannte Beziehung zu Shelley; dazu kamen die täglichen Streitereien mit ihrer launischen Stiefschwester Claire. Und wie in keinem anderen Werk enthüllt sie ihren eigenen und eigentlichen Lebenskonflikt, ihr ungelöstes, nur durch den Tod zu lösendes Vater-Tochter-Verhältnis.

Mary glaubte später, *Mathilda* enthielte eine Vorhersage über den Tod ihres Mannes. Und in der Tat, die höllische Fahrt in einer Kutsche im Juli 1822 mit ihrer Unglücks-Gefährtin Jane Williams zur Küste bei Pisa, als die Segelpartner Shelley und Williams von einem Törn nicht zurückkehrt waren, die quälenden Tage der Ungewissheit, schließlich das Auffinden der entsetzlich zugerichteten Leichen; all dies mag sie an die Schilderungen ihrer Novelle erinnert haben. In einem Brief an Maria Gisborne im Mai 1823 schrieb sie: „Es scheint mir, dass ich in allem, was ich bisher geschrieben habe, nichts anderes getan habe, als zu prophezeien, was dann eingetreten ist."[58]

Die Romane

Die Romane von Mary Shelley lassen sich in drei Kategorien gliedern:

Phantastische Romane – hierzu gehören ihr Erstlingswerk *Frankenstein* und die Endzeitvision *The Last Man*;

Historische Romane – die Romane *Valperga* und *Perkin Warbeck*;

Gesellschaftsromane – hier lassen die Spätwerke *Lodore* und *Falkner* einordnen (hierunter würde auch die Novelle *Mathilda* fallen, wenn sie auch inhaltlich und formal grundverschieden von ihnen ist).

Zu den Romanen im Einzelnen:

Frankenstein, or The Modern Prometheus (Erstveröffentlichung 1818; deutscher Titel: Frankenstein oder Der moderne Prometheus, 1912) – In der Form des klassischen Briefromans schildern erst ein anonymer Erzähler, dann Dr. Frankenstein selbst und schließlich sein Geschöpf in kunstvoll ineinandergeschachtelten Rückblenden die tragische Geschichte von der Hybris eines Menschen. Der

---

[58] *The Letters of Mary Wollstonecraft Shelley*, ed. by Betty T. Bennett; Vol. 1: A Part of Elect. Baltimore 1980; Seite 336.

Wissenschaftler Dr. Viktor Frankenstein, von leichtsinnigem Schöpferdrang getrieben, erschafft aus Leichenteilen und mit nicht näher beschriebenen Methoden ein monströses Geschöpf, vor dessen Hässlichkeit er aber unmittelbar nach dem Schöpfungsakt entsetzt flieht. Die namenlose Missgeburt irrt einsam durch die Welt und erzieht sich selbst durch Beobachtung von Natur und Mensch zum Vernunftwesen. Es spürt seinen Schöpfer auf und verlangt von ihm, ihm eine Gefährtin zu erschaffen, um seine Einsamkeit erträglicher zu machen. Als Frankenstein sich weigert, tötet das Geschöpf seine Liebsten und verfolgt seinen Schöpfer bis in die eisigen Sphären der Arktis, wo sich beider Schicksal erfüllt.

Die Entstehungsgeschichte des Romans ist fast so berühmt wie das Werk selbst. Mary Shelley hat sie im Vorwort der Neuausgabe des *Frankenstein* im Jahre 1831 beschrieben. Sie besuchte mit Shelley und ihrer Stiefschwester Claire Clairmont im Sommer 1816 Lord Byron, „Englands größten Sünder", in seinem selbstgewählten Exil am Genfer See, der Villa Diodati. An einem Abend vertrieb sich die Gesellschaft, zu der auch der exaltierte Arzt Dr. John Polidori gehörte, die Zeit mit dem gegenseitigen Vorlesen von deutschen Gespenstergeschichten.[59] Byron schlug vor, eigene Gespenstergeschichten zu schreiben, der Mode der Zeit entsprechend in der Tradition romantischer Schauerromane,

---

[59] Benutzt wurde eine französische Übersetzung : *Fantasmagoriana, ou Recueil d'Histoires d'Apparitions de Spectres, Revenans, Fantôms, etc.* (1812), übersetzt aus dem Deutschen von Jean Baptiste Benoît Eyriés. Neuere deutsche Ausgabe: Johann August Apel und Friedrich Laun (Hrsg): *Gespensterbuch*, Frankfurt am Main und Leipzig 1992.

der *gothic novels*.[60] Polidori verfasste eine kurze, schaurige Vampirgeschichte, die er 1819 unter dem Titel *The Vampyre* veröffentlichte; Shelley und Byron kamen über Entwürfe nicht hinaus. Einzig Mary führte ihre Idee aus und beendete die Arbeit an *Frankenstein*, inzwischen nach England zurückgekehrt, im April 1817, und veröffentlichte den Roman, zunächst anonym, im März 1818. Der Roman war sofort erfolgreich und kam schon 1823 auf die Bühne; als das Pseudonym gelüftet wurde, bezweifelten lange Zeit selbst prominente Zeitgenossen, dass eine Frau eine derartige Geschichte verfassen könnte. Die dramatische Bearbeitung hielt den Mythos Frankenstein am Leben, bis nach einer erneuten Bühnenbearbeitung von 1927 die darauf basierenden Verfilmungen[61] das Monster und seinen Schöpfer endgültig unsterblich machten.

Über das Werk sind unzählige Arbeiten erschienen.[62] Der Roman markiert den Endpunkt des in der zweiten Hälfte des achtzehnten Jahrhunderts aufgekommenen gotischen Schauerromans und weist gleichzeitig in die Zukunft, in dem er die schwarze Romantik eines Edgar Allan Poe

---

[60] Die ausufernden Ereignisse dieser Nacht boten sogar Stoff für einen Spielfilm: *Gothic* (1986), unter der Regie von Ken Russel.

[61] Die frühen, wenn auch nicht der Romanvorlage entsprechenden, Verfilmungen mit Boris Karloff in der Rolle des Monsters: *Frankenstein* (1931) und (noch eindrucksvoller!) *The Bride of Frankenstein* (Frankensteins Braut, 1935).

[62] Eine kleine Auswahl: Roberto Massari: Mary Shelleys Frankenstein - Vom romantischen Mythos zu den Anfängen der Science, Hamburg 1989; Wolfram Sailer: Wissen, Arbeit und Liebe in Mary Shelleys Frankenstein. Studien zur romantischen Mythenumdeutung. Essen 1994; Mary Shelleys Frankenstein: Text, Kontext, Wirkung - Vorträge des Frankenstein-Symposiums in Ingolstadt 1993, Essen 1994.

vorwegnimmt. Der Autorin aber war die Darstellung der inneren Konflikte der beteiligten Personen wichtiger als Schockeffekte. Der Mann der Wissenschaft, der an Dingen rührt, die besser unentdeckt geblieben wären, und schließlich auf das Machbare verzichtet, in dem er seinem Geschöpf die Gefährtin verweigert, dies ist wohl in mehr als einer Hinsicht eine sehr moderne Parabel. Aber auch die Gestalt des Monsters, ungefragt in die Welt gesetzt und dennoch mit einem starken Bedürfnis nach Liebe ausgestattet, gibt der Autorin Gelegenheit, menschliche Gefühle übergroß darzustellen; so wie das Geschöpf seine Mitmenschen körperlich überragt, so ragt es auch seelisch über sie auf. Der Diskurs über Schuld und Sühne und die Unvermeidlichkeit des Schicksals taucht auch in allen ihren späteren Werken wieder auf, ebenso die Figur des genialischen Übermenschen, der an seiner menschlichen Unzulänglichkeit scheitert.

Valperga or The Life and Adventures of Castruccio, Prince of Lucca (Erstveröffentlichung 1823) - Held des Romans ist eine historische Figur, der italienische Parteiführer Castruccio Castracani. In den Kämpfen zwischen Guelfen und Ghibellinen im Italien des vierzehnten Jahrhunderts schwingt er sich zum Führer der ghibellinischen Partei von Norditalien und zum Fürsten von Lucca auf. Seine Feindschaft gilt dem republikanischen Florenz. Sein Verhältnis zu Euthanasia, der Herrin des unabhängigen Schlosses Valperga, die einem guelfischen Geschlecht angehört, steht im Mittelpunkt der Handlung. Sie will ihm nur gehören, wenn er Florenz verschont. Doch er verbirgt hinter seinem edlen Auftreten grausame Verschlagenheit. Das wird Euthanasia durch das Schicksal der jungen Beatrice von Ferrara klar, die von Castruccio benutzt und weggeworfen wurde. Sie lässt sich auf eine Verschwörung der Florentiner gegen Castruccio ein und wird nach Sizilien verbannt, wo sie stirbt. Nach einigen ruhelosen Jahren an der Seite der römisch-deutschen Kaisers Ludwig des Bayern stirbt auch Castruccio.

Die Kritik schwankt bei der Beurteilung dieses Werkes von einem „Meisterstück der Boshaftigkeit"[63] bis zu einem „unzusammenhängenden Flickwerk". Übereinstimmend wird aber hervorgehoben, dass *Valperga* in seinen Charakterzeichnungen die meisten zeitgenössischen Veröffentlichungen bei weitem übertrifft. Der historische Kontext dient hier lediglich als Folie, vor der Mary Shelley eine politische Version des prometheischen Frankenstein agieren lässt; in der Hauptperson Castruccio mit seinen ambivalenten Zügen, in dem der geniale Schöpfer Frankenstein mit seinem Geschöpf vereint erscheint, erkennt man unschwer Lord Byron; seine Gegenspielerin Euthanasia ist eine weibliche Ausgabe Percy Shelleys. Doch im Gegensatz zu Frankenstein fehlt Castruccio die humane Dimension, seine destruktiven Gefühle toben sich ungehindert aus. Hierin ist auch eine verschlüsselte Warnung vor einem drohenden Despotismus im England zur Zeit des repressiven „Systems Metternich" zu sehen.

The Last Man (Erstveröffentlichung 1826; deutscher Titel: Verney, der letzte Mensch,1982) - Thema des Buches ist das Aussterben der Menschheit, und so ziehen gewaltige Bilder von Tod und Verderben, von Krieg und Dürre, von Hunger und Pest am Leser vorüber. Der Roman beginnt eher idyllisch als Familiengeschichte. Adrian, der Sohn des englischen

---

[63] Jane Blumberg: Mary Shelley's Early Novels – 'This Child of Imagination and Misery', London 1993, S. 76.

Königs, legt die Krone nieder, weil er keine Sinn mehr im Königtum sieht. Der Volksheld Lord Raymond heiratet die arme Perdita, ihr Bruder Lionel Verney, der Ich-Erzähler des Romans, heiratet Adrians Schwester Iris. Adrian dagegen ist unglücklich verliebt in die junge griechische Prinzessin Evadne, die ebenso unglücklich in Raymond verliebt ist. Raymond wird Protektor eines republikanischen England und geht nach Griechenland, wo er dem Krieg und einer ominösen, um sich greifenden Pest zum Opfer fällt. Die Pest erreicht schließlich auch England, doch lange vorher schon zerfällt im Anblick der Apokalypse die gesellschaftliche Ordnung. Adrian führt die Überlebenden auf den Kontinent. Die Schar wird immer kleiner, bis Verney nur noch mit Adrian und Raymonds Tochter Clara durch die Welt zieht. Als er auch sie verliert, bleibt er als letzter Mensch zurück.

Mary Shelley stellt hier die Sinnfrage nach dem Nutzen des sozialen Fortschritts, wenn die totale Vernichtung droht. Sie erweist sich mehr als in anderen Werken als Tochter Godwins, Ehefrau Shelleys und Schülerin Platons.[64] Die Darstellung einer künftigen englischen Republik gehen auf Godwins Vorstellungen in seiner *Politischen Gerechtigkeit* zurück, aber auch Shelleys Auffassungen von Gut und Böse, seine pazifistischen Überzeugungen, sein Bild des Menschen als prometheische Gestalt fließen ein, dazu kommt die platonische Vorstellung einer zwangsläufigen Abfolge von historischen Situationen und Regierungsformen. Auch hier erscheint noch einmal der prometheische Übermensch, aufgeteilt auf Raymond und Adrian, der aber gegen die geschichtsmächtigen Kräfte nichts ausrichten kann.

---

[64] Muriel Spark, Mary Shelley; Frankfurt am Main 1992, S. 234.

Allgemein wird *The Last Man* als Mary Shelleys Hauptwerk angesehen.

Der Roman ist aber auch ein Ausdruck ihre Lebenssituation, als sie im Frühjahr 1824 mit den Arbeiten an dem Roman begann. Nach dem Tode Shelleys mit ihrem einzigen überlebenden Kind nach England zurückgekehrt, tief getroffen vom Tode Byrons, isoliert von ihren ehemaligen Freunden, fühlte sie sich tatsächlich wie der letzte Mensch. Viel Figuren tragen biographische Züge: ein idealisierter Shelley erscheint in der Figur des Adrian, Lord Byron findet sich in der Figur des Raymond als Machtmensch mit dunklen Zügen; sich selbst portraitiert Mary als Erzähler Verney, während die unbeständige Evadne ihrer Schwester Claire nachempfunden ist.

The Fortunes of Perkin Warbeck, A Romance (Erstveröffentlichung 1829) – In diesem Roman geht um eine historische Figur: Der englische Thron-Prätendent Perkin Warbeck kommt 1495 an den Hof des schottischen Königs Jakob IV. und gibt sich als der von Richard III. ermordete Richard von York aus, Bruder des kindlichen Königs Eduard V. Er heiratet Jakobs Cousine Lady Katharine Gordon und versucht ihn zu einem Krieg gegen England zu überreden. Gegen ihn arbeiten der ehrgeizige Sir Robert Clifford, einer der Spione des englischen Königs Heinrich VII., und sein verschlagener Sekretär Frion. Bei einer Schlacht wird Warbeck gefangengenommen und 1499 in London hingerichtet, nachdem er sich Katharine gegenüber als natürlicher Sohn Eduards IV. zu erkennen gegeben hat. Katharine findet Aufnahme am englischen Hof.

Mary Shelley hatte sich hier den historischen Roman *Ivanhoe* von Sir Walter Scott zum Vorbild genommen, den dieser nach einer Reihe schottischer Romanzen geschrieben hatte. Sie hatte in Archiven recherchiert und diese Erkenntnisse detailgetreu in den Roman einfließen lassen (Das Geständnis Warbecks, der Sohn eines Kaufmanns zu sein, erwähnt sie allerdings nicht). In einem Brief an ihren Verleger gab sie ihrer Vorstellung Ausdruck, „dass ein historischer Stoff so bearbeitet werden muss, dass kein Raum für *Meinungen* bleibt". Diesen Vorsatz ließ sie teilweise fallen, als der Verlag seine Zusage kurz vor Fertigstellung des Romans zurückzog, so dass die letzten Abschnitte des Romans durchaus ihre eigene Meinung widerspiegeln, besonders das Schicksal Katharines, das Marys eigene Situation beleuchtet.

Lodore (Erstveröffentlichung 1835) - Lord Lodore kehrt nach England zurück und heiratet die jungen Cornelia Santerre. Doch als Lady Lodore wird sie schnell zur Weltdame und entfremdet sich ihm; sie entspricht nicht mehr seinem „Ideal der Frau". Nach einem Skandal geht er mit seiner Tochter Ethel nach Amerika, verbringt mit ihr viele Jahre in Einsamkeit und stirbt dort. Ethel kehrt nach England zurück, versöhnt sich mit ihrer Mutter Cornelia und verliebt sich in Edward Valliers, dem Cousin von Horatio Saville, in den Cornelia verliebt ist. Als Valliers ins Schuldgefängnis kommt, opfert Cornelia Ethel ihr Vermögen, um ihn auszulösen. Durch Schmerz geläutert verbindet sich Cornelia mit ihrer Liebe Saville.

Lodore ist ein Gesellschaftsroman in der Tradition von Edward Bulwer-Lytton, eines bereits zu dieser Zeit äußerst populären Autors.[65] Bulwer-Lytton, später Kolonialminister Großbritanniens und noch heute bekannt als Autor von *Die letzten Tage von Pompeji*, schrieb Geschichten unterschiedlichster Art, die den romantischen Stil vergangener Zeiten mit neuen Spannungselementen verbanden. Mary Shelley bringt in diesem Roman eine gesellschaftlich akzeptablere Version von *Mathilda* unter, mit der Beziehung von Lord Lodore zu seiner Tochter, einer engen, aber noch nicht unschicklichen Vater-Tochter-Beziehung. Wenn sich auch in Lord Lodore, der seine Tochter zu seinem Idealbild der Frau formt, etwas von Byron wiederspiegelt, unterscheiden sich die weiblichen Charaktere von denen vorangegangener Romane. Die loyale Ethel und die aufopferungsvolle Cornelia entsprechen mehr dem neuen Frauenbild eines heraufziehenden viktorianischen Zeitalters; die kraftvolle und gebildete Frau eignet sich nicht länger als romantische Heldin.

Falkner, A Novel (Erstveröffentlichung 1837) – Der Offizier John Falkner will sich an einem Grab das Leben nehmen. Die kindliche Waise Elizabeth rettet sein Leben, und er adoptiert sie. Falkner verbirgt ein dunkles Geheimnis; er wollte sich umbringen, da er den Tod von Elizabeths Pflegemutter, Alithea Neville, verschuldet hat. Ihr Sohn Gerard Neville versucht das Verschwinden seiner Mutter aufzuklären und ihre Ehre wiederherzustellen. Er verliebt sich in Elizabeth, doch als Falkners Geheimnis offenbar wird, hält sie loyal zu ihrem Adoptiv-Vater. Neville vergibt Falkner.

---

[65] Richard Cronin, Mary Shelley and Edward Bulwer: *Lodore* as Hybrid Fictio; in : Michael Eberle-Sinatra (ed.), Mary Shelley's Fiction – From Frankenstein to Falkner. London und New York 2000, S. 39.

Falkner ist ein Gesellschaftsroman wie sein Vorgänger *Lodore*, doch in seinem Aufbau, mit verschachtelten Rückblenden und der Einnahme verschiedener Blickwinkel, ähnelt er mehr dem *Frankenstein*.[66] Doch immer noch schimmert in der Gestalt der Hauptfigur der tragische, prometheische Übermensch hervor; Lord Lodore erinnert aber statt an Byron mehr an Edward John Trelawny, einem früheren engen Freund Mary Shelleys. Sie hatte Trelawny, ein Seemann und verwegener Abenteurer, in Italien kennen gelernt; er hatte Percy Shelleys Überreste verbrannt und die Asche in Rom beigesetzt; er war Byron nach Griechenland gefolgt und hatte dem Toten die letzte Ehre erwiesen; ihm blieb sie auch später freundschaftlich verbunden, auch wenn sie seine Annäherungsversuche zurückwies. *Falkner* scheint auch ein Versuch zu sein, Percy Shelley von dem Vorwurf, seine erste Frau in den Tod getrieben zu haben, reinzuwaschen. In ihren letzten beiden Werken kehrt Mary Shelley sich von den radikalen Positionen ihrer Eltern ab und preist die traditionellen Werte der großbürgerlichen Familie. Noch mehr als in *Lodore* wird in *Falkner* das Ideal des viktorianischen Frauenbildes herausgestellt. *Falkner* wurde wohl auch deshalb ihr letzter Roman, weil während seiner Entstehungszeit ihr Vater starb, der trotz ihrer stürmischen Beziehung ein zentraler Bestandteil ihrer Kreativität gewesen war.

Ralf Fletemeier

---

[66] Johanna M. Smith, Mary Shelley. New York 1996, S. 111.

Titel des englischen Originaltextes: *Mathilda*

Manuskript vollendet: Florenz, November 1819

Erstveröffentlichung: Chapel Hill, NC, Mai 1959
                        hrsg. von Elizabeth Nitchie

Die vorliegende Übersetzung folgt der kritischen Ausgabe der Novelle in: *The Novels and selected Works of Mary Shelley*; *General ed. by Nora Crook. Vol. 2: Matilda, dramas, reviews & essays, prefaces & notes; ed. by Pamela Clemit*. London 1996. Seite 5-67.